내가 우리가 될 때

숙명여대 인문학연구소
수필공모전 수상집

내가 우리가 될 때

숙명여대 인문학연구소 편

보고사
BOGOSA

『내가 우리가 될 때』를 출판하며

혐오와 갈등이 일상 언어가 되어버린 시대에, 우리는 타인의 마음을 향해 어떤 방식으로 걸어갈 수 있을까요. 인터넷 기술의 발달은 우리에게 무한한 연결을 약속했지만, 실상은 닮은 목소리만 되풀이되며 확증편향의 회로를 강화하는 결과를 낳았습니다. 이성의 이름으로, 합리적 판단이라는 명목 아래 많은 이들이 타인을 계산하고 분류하는 데 익숙해졌고, 그 과정에서 사회적 소수자들은 더욱 깊은 고립과 침묵 속으로 밀려났습니다. 그러나 공감은 이성과 판단의 결과로 발생하는 것이 아니라, 이해를 향해 다가가려는 마음의 움직임에서 시작됩니다. 공감은 결국, '나'의 경계가 아주 미세하게 흔들리는 그 순간, 타인을 향해 나의 자리를 조금 비워내는 그 짧은 떨림 속에서 태어납니다.

숙명여자대학교 인문학연구소는 이러한 시대적 고민을 바탕으로 '혐오 시대, 인문학의 대응'이라는 아젠다를 중심으로 연구를 이어왔고, 그 과정에서 공감이 개인의 감정적 경험을 넘어 사회적 회복력을 지탱하는 중요한 힘이라는 사실을 확인했습니다.

그리고 그 깨달음의 시작에서 설립된 공감인문학센터는 공감이 개인의 감성에 머무는 것이 아니라 사회적 회복력의 토대가 될 수 있도록 다양한 프로젝트를 진행해 왔습니다. 그 일환으로 마련된 이번 공감 수필 공모전은 우리 사회 곳곳의 작고 사적인 경험들이 어떻게 타자성과 만나고, 어떻게 공감의 윤리로 확장되는지를 살피기 위해, 그리고 그러한 공감의 힘을 통해 혐오와 반목을 극복하기 위해 기획되었습니다. 이번 심사는 철학, 사회학, 문학의 세 분야에서 활동하는 교수님들이 함께 진행했습니다. 심사위원들은 응모작을 읽으며, 이 공모전이 가진 취지와의 부합성, 표현의 독창성, 이야기의 구성력, 그리고 무엇보다 읽는 이에게 어떤 울림과 여운을 남기는지를 세심하게 살폈습니다. 단순한 서사적 완성도뿐 아니라, 한 문장 안에 깃든 마음의 깊이와 타자를 향해 열린 시선의 넓이를 함께 읽는 과정이었습니다.

그중에서도 최고 득점을 받은 김현정의 「나를 여는 공감」은 심사위원 모두에게 뚜렷한 인상을 남겼습니다. 현재 초등학교에서 장애학생 통합교육을 지원하며 마주한 다양한 순간들을 다정한 시선으로 기록한 이 작품은, 장애학생을 도움의 대상이나 약자로 대상화하지 않습니다. 대신, 그 학생과의 만남이 글쓴이의 세계를 어떻게 다시 연 열쇠가 되었는지, 관계를 통해 '나'가 변화하고 확장되는 경험이 어떻게 시작되는지를 잔잔하게 보여줍니다.

이 글은 우리가 너무 쉽게 붙이는 '정상'과 '비정상'의 경계를 다시 질문하게 하며, 공감이란 결국 타인의 세계를 이해하려는 노력 이전에, 그 세계가 나에게 들어올 수 있도록 나를 열어두는 일이라는 사실을 상기시킵니다.

이번 수필집에는 장애인을 비롯해 노인, 여성, 외국인, 성소수자, 동물 등 다양한 타자들의 소리를 경청하고 그들과 공감했던 순간들이 담겨 있습니다. 어떤 글은 당사자로서 겪어낸 고독과 소외를 절제된 문체로 담아냈고, 어떤 글은 그러한 타자를 관찰하며 목도한 사회의 차별적 구조를 조용한 통찰로 드러냈습니다. 또 어떤 글은 아주 일상적인 사건 속에서 관계의 균열과 회복의 가능성을 포착해 냈습니다. 각각의 수필은 서로 다른 자리에서 출발했지만, 놀랍도록 자연스럽게 하나의 흐름을 이루며 공감의 다양한 얼굴을 보여줍니다. 이 수필집의 제목 '내가 우리가 될 때' 는 바로 그 흐름을 가장 잘 요약하는 표현입니다. 공감은 나를 지우는 일이 아니라, 나를 확장하여 더 넓고 깊은 '우리'라는 공동의 공간을 만들어가는 과정입니다. 타인의 고통과 기쁨을 길게 바라보는 순간, 나의 세계가 타인의 세계와 접속하는 순간, 우리는 비로소 '나'에서 '우리'로 이동합니다. 공감은 이렇게 작은 파동에서 시작해, 물결처럼 퍼져나가며 주변의 세계를 조금씩 변화시킵니다. 이 책의 열한 편의 글은 바로 그 미세한 파동들을 기록하고 있습니다. 독자 여러분이 이 글들을 읽으며, '나'의 감각이 조금 흔들리는 순간을 만나기를 바랍니다. 그 미세한 흔들림 속에서 공감의 문이 열리고, 그 문을 통해 새로운 '우리'가 탄생한다고 믿습니다.

이번 수필 공모전에 참여해 주신 모든 분들께 깊이 감사드립니다. 그리고 이 책을 펼치는 독자 여러분께 따뜻한 마음을 전합니다. 부디 이 문장들이 누군가의 삶과 마음에 잔잔히 스며들어, 작은 파동이 큰 변화로 이어지는 시작이 되기를 바랍니다.

숙명여자대학교 인문학연구소
강미영

차례

※일러두기
일부 작품은 필자의 요청에 따라 작가 소개를 수록하지 않았습니다.

나를 여는 공감

나는 어려서부터 조용한 아이였다. 말보다는 관찰을 더 많이 했다. 그러나 그 관찰은 언제나 일방향이었다. '정상'이라 불리는 세계 안에서 나는 타인을 구경했고, 세상을 이해한다고 착각했다. 어머니는 늘 말했다. "사람은 자기 몫을 해야 해." 나는 그 말이 옳다고 믿었다. 그러니 제 속도를 따라오지 못하는 사람은 어딘가 게으르거나, 덜 노력했기 때문이라고 생각했다. 세상은 나에게 그런 식으로 질서를 가르쳤다.

초등학교 운동회 날, 반 친구 중 한 명이 넘어졌다. 다리가 불편한 아이였다. 아이들은 잠시 멈칫하더니 다시 달렸다. 나는 그 아이를 도와야 한다는 걸 알았지만, 대신 고개를 돌렸다. 나중에 선생님이 "다른 사람을 도와야 착한 아이지"라고 했을 때, 나는 고개를 숙였다. 그러나 마음속에는 묘한 안도감이 있었다. '그래도 나는 다치지 않았다.' 그것은 부끄러움이 아니라, 미세한 우월감이었다. 그 감정의 이름을 몰랐지만, 그것이 내 안에 자리 잡고 있었다.

집에서는 장애인 이야기가 나오면 텔레비전 속에서만 존재하는 사람들이었다. 어머니는 뉴스를 보며 말했다. "저런 사람들 보면 안타까워." 나는 그 말을 듣고 '안타까움'이라는 단어가 따뜻하다고 생각했다. 그러나 지금은 안다. 그것은 거리두기의 다른 말이었다. '그들'은 언제나 '우리'의 바깥에서 존재해야만 했다. 동정이 곧 분리였다는 것을 나는 훗날 깨달았다.

초등학교 뒤편 작은 도서관에서 나는 종종 창가 자리에 앉아 있었다. 어떤 날엔 책을 읽는 대신 유리창 밖만 오래 보았다. 휠체어를 탄 동네 어르신이 비나 눈이 오는 날이면 경사진 진입로에서 한참을 머뭇거리곤 했다. 그 모습이 보이면 나는 책장을 더 빨리 넘겼다. '모르는 척'하는 기술은 그때 이미 능숙했다. 누군가를 돕는 일보다 내 시선을 지키는 일이 더 중요했다. 그 무사함이 나를 안전하게 만들어준다고 믿었다.

중학교 시절, 새로 전학 온 아이가 있었다. 그는 말을 더듬었다. 발표 시간마다 교실은 웃음으로 뒤덮였다. 나는 그 웃음에 참여하지 않았다. 그러나 나는 침묵으로 그 폭력에 동참했다. '가만히 있는 것'이 죄가 될 수 있다는 걸, 그때는 몰랐다. 나중에 그 아이가 전학을 가던 날, 나는 속으로 말했다. '다행이다.' 그 두 글자가 내 입안에서 얼마나 차갑게 울렸는지, 나는 나중이 되어서야 알았다. 그리고 오래 지나 다시 떠올렸을 때 비로소 알았다. 그 '다행'은 내 안전을 위한 주문이었을 뿐, 누구에게도 도움이 되지 않는 비겁한 호흡이었다는 것을.

고등학교 때 한 번, 시각장애가 있는 학생이 우리 반에 잠시 배정된 적이 있었다. 조별 발표가 있던 날, 나는 PPT를 더 또렷하게 만드는 데 집중했다. 더 큰 글씨, 선명한 아이콘, 눈에 잘 띄는 색. 그런데 그는 말했다. "저는 글씨 대신 설명이 필요해요." 그 말에 우리는 한순간 침묵했다. 우리는 시각 중심의 세계를 더 정교하게 만들 뿐, 청취의 세계를 만들어본 적이 없었다. 나는 부끄러워서 그날 이후로 발표 원고에 '보이지 않는 사람을 위한 문장'을 추가했다. 그러나 그때도 나는 마음 깊은 곳에서 그를 '예외'로 여겼다. 예외는 배려의 이름으로 쉽게 격리된다.

대학교에 들어간 뒤에도 나는 여전히 '정상'이라는 틀 안에서 살아갔다. 친구들은 장애인 이동권 시위 뉴스를 보고 '불편하다'고 말했다. 나는 고개를 끄덕였다. 그 불편함의 본질이 '공간'의 불편함이 아니라 '감정'의 불편함이라는 걸, 그때는 몰랐다. 우리는 그들의 절규가 도로 위를 막는 게 아니라, 우리의 시선을 흔드는 것이었음을 이해하지 못했다. 내 몸이 흔들리는 것을 불편이라 이름 붙이고, 그 흔들림의 이유를 묻지 않기로 합의했다. 합의는 빠르고, 사유는 느렸다. 우리는 빠름을 택했고, 나는 그 선택의 일부였다.

회사에 들어가서는 더 명확했다. 사람들은 효율로만 평가되었다. "장애인 고용은 법정 비율만 맞추면 돼." 인사팀장이 던진 그 말은 아무도 이상하게 여기지 않았다. 장애는 이유가 되지 않았고, 그 말은 곧 존재의 불필요함을 의미했다. 회의실 공기는 늘 차갑고 뾰족했다. 숫자와 표는 깔끔했고, 깔끔함은 우리의 윤리였다. 나는 그때 처음으로 생각했다. '내가 그 자리에 앉아 있지 않았다면, 나도 그렇게 말했을까?' 그리고 곧 깨달았다. 나는 이미 그렇게 말할 수 있는 사람이 되어 있었다. 말하지 않았을 뿐, 내 침묵이 그 말을 지지하고 있었다.

그 모든 것들이 무너진 건, 어느 지하철역의 오후였다. 휠체어를 탄 남자가 천천히 엘리베이터 쪽으로 향하고 있었다. 그 옆에는 그를 밀고 가는 젊은 여자가 있었다. 사람들은 길을 비켰다. 나는 시선을 돌렸다. 그 한순간이 내게 너무 오래 남았다. 왜 나는 그들의 얼굴을 보지 못했을까. 왜 그들을 '바라보는 것'이 그렇게 어려웠을까. 부끄러움보다 먼저 온 건 두려움이었다. 내가 몰랐던 세상이 거기 있었고, 나는 그 세상을 감당할 준비가 되어 있지 않았다. 엘리베이터 문이 닫히는 순간, 문틈 사이로 스치는 눈빛이 있었다. 내가 모른 척하는 동안에도, 누군가는 나를 보고 있었다.

그날 밤, 나는 거울을 보았다. 거울 속의 나는 무표정했다. 하지만 그 무표정은 두려움의 다른 얼굴이었다. 나는 세상을 이해한다고 믿었지만, 실은 너무 많은 걸 모른 채 살아왔다. 침대 곁 탁자 위에 있던 손목시계를 벗어두며 생각했다. '시간을 잰다고 해서 이해가 생기진 않는구나.' 빠르기와 느림의 문제가 아니라, 머무는 법을 몰랐던 것이다.

며칠 뒤 회사 게시판에 봉사활동 공지가 올라왔다. '장애인 복지센터 미술 프로그램 도우미 모집.' 나는 한참을 망설이다가 클릭했다. 이유는 설명할 수 없었다. 단지 그날의 두려움이 나를 움직였다. 나는 '이해하려는' 것이 아니라, '직면하려는' 마음으로 신청 버튼을 눌렀다. 직면은 늘 서툴고 어색하지만, 그 어색함이 진실의 첫 형태라는 걸 어렴풋이 알았다.

복지센터는 낡고 차가웠다. 바닥은 약간 끈적였고, 벽지는 닳아 있었다. 그러나 그 공간에는 이상한 평화가 있었다. 사람들은 말이 적었지만, 공기가 다정했다. 담당 사회복지사는 말했다. "여기 계신 분들은 각자 다른 세계에서 오셨어요. 도와주신다기보다, 그냥 함께 있어 주세요." 나는 그 말의 뜻을 이해하지 못했지만, 그 문장이 나를 사로잡았다. 함께 있음의 기술을 배울 시간이었다.

민수를 처음 만난 건 그날이었다. 그는 서른 중반쯤 되어 보였다. 처음엔 내 존재를 인식하지 못하는 듯 보였다. 그는 노란색

물감을 잔뜩 짜서 같은 선을 반복적으로 그었다. 나는 그 단조로움에 불안함을 느꼈다. 내가 그에게 다가가 말을 걸자, 그는 천천히 고개를 들었다. "노란색은 따뜻한 색이에요." 그 한마디에 모든 긴장이 풀렸다. 그때 처음으로 깨달았다. 언어는 문장이 아니라, 관계의 온도라는 것을.

민수는 나를 보며 말하지 않았다. 그러나 나를 모른 척하지도 않았다. 그는 그저 자기 속도대로 존재했다. 그 속도가 느려서 나는 처음엔 답답했지만, 어느 순간 그 리듬이 편안해졌다. 그는 내게 말을 가르쳤다. "쉬어도 괜찮아요." "기다려도 괜찮아요." "그냥 있어도 괜찮아요." 나는 그날 이후, 세상의 속도가 얼마나 잔인한지를 깨닫기 시작했다. 빠름이 곧 선이라는 믿음은 오래된 미신이었다.

민수와의 첫 만남 이후, 나는 매주 토요일 오후 두 시가 되면 복지센터로 향했다. 그곳으로 가는 길은 늘 약간의 불안과 안도의 혼합이었다. 출근길과 달리 서두를 필요는 없었지만, 이상하게 발걸음은 늘 빨라졌다. 복지센터 근처에는 오래된 국밥집이 있었고, 그 앞을 지날 때마다 나는 진한 육수 냄새와 함께 삶의 다른 속도를 느꼈다. 회사에서는 늘 숫자와 계획, 일정표 속에 갇혀 있었는데, 이곳의 공기는 그 어떤 일정에도 맞춰지지 않았다. 그건 '시간이 멈춘 곳'이라기보다 '시간이 다른 속도로 흘러가는 곳'이었다.

민수는 언제나 같은 자리에 앉아 있었다. 작은 창가 쪽, 햇빛이 반쯤 드는 곳. 처음에는 노란색만 쓰던 그가, 어느 날부터인가 초록색을 조금씩 섞기 시작했다. 나는 그것을 단순한 변화로만 여겼다. 그러나 그에게는 색 하나에도 이유가 있었다. "노란색은 웃음이고, 초록색은 기다림이에요." 그는 그렇게 말했다. 나는 그 말이 아름답다고 생각했다. 동시에, 조금 부끄러웠다. 나는 내 삶에서 언제 '기다림'을 색으로 표현한 적이 있었던가.

그날은 날이 더워서 모두 조금 지쳐 있었다. 한쪽에서는 지연 씨가 입으로 붓을 잡고 그림을 그리고 있었다. 그녀는 손의 움직임이 자유롭지 않았지만, 입술의 힘으로 붓을 놀렸다. 캔버스 위의 선은 흔들렸지만, 그 불안정한 선들이 이상하리만큼 아름다웠다. "이건 바람이에요." 그녀가 말했다. 나는 그 말의 의미를 이해하지 못했다. 그런데 나중에야 알았다. 바람은 형태가 없지만 존재한다는 것을. 그건 곧 그녀 자신의 존재 방식이었다.

나는 여전히 이 세계가 낯설었다. 가끔은 그들의 웃음이, 가끔은 그들의 침묵이, 나를 불편하게 했다. 불편함은 감정이 아니라 감각이었다. 그것은 나의 몸이 타인의 리듬에 익숙하지 않다는 신호였다. 그러나 그 불편함을 견디는 법을 조금씩 배워갔다. 기다리고, 멈추고, 다시 웃는 법. 어쩌면 공감은 '적응'이 아니라 '동조'에 가까웠다. 서로의 호흡을 건네받는 일.

어느 날, 민수가 내게 말했다. "선생님은 왜 와요?" 나는 대답하지 못했다. 그저 '좋아서요'라고 말했지만, 스스로도 그 말이 거짓임을 알았다. 나는 아직도 스스로를 구원하려고 그곳에 있었던 것이다. 그날 밤, 나는 오랫동안 잠을 이루지 못했다. '나는 왜 여기에 오는 걸까?' 그 질문이 내 머릿속을 떠나지 않았다. 답을 찾으려 할수록, 답은 멀어졌다. 대신 질문이 나와 함께 머물렀다.

다음 주, 민수는 새로운 그림을 그리고 있었다. 그는 하얀 캔버스 위에 회색과 흰색을 반복적으로 칠하고 있었다. 나는 그것이 어떤 형태인지 몰랐다. "비가 와요." 그가 말했다. "비가 오면 노란색은 숨어요." 나는 물었다. "그럼 초록색은요?" 그는 잠시 멈추더니 웃었다. "초록색은 기다려요." 기다림은 사라짐이 아니라 존재의 다른 방식이라는 걸, 그날 배웠다.

그날, 나는 회사에서 회의를 하다가 갑자기 그 장면이 떠올랐다. 회의실 안은 에어컨 소리와 키보드 소리로 가득했다. 누군가는 매출 목표를 말했고, 누군가는 리스크를 분석했다. 그러나 나는 머릿속에서 민수의 그림만 보고 있었다. '노란색은 숨고, 초록색은 기다린다.' 그 단순한 문장이 나를 흔들었다. 나는 그날 처음으로 내 자리를 의심했다. '내가 앉아 있는 이 자리에서 누구의 색이 지워지고 있을까.'

회사에서 장애인 고용과 관련된 이야기가 나왔을 때, 팀장은 말했다. "우리가 법정 비율만 채우면 되죠." 나는 아무 말도 하지 못했다. 그러나 그 침묵이 나를 병들게 했다. 법정 비율이라는 말은 인간의 생존을 숫자로 환산하는 잔인한 공식이었다. 그날 회의가 끝나고 복지센터로 향했다. 창밖에는 비가 내리고 있었다. 유리창 위로 흐르는 빗물이 마치 민수의 캔버스 위의 회색 물감 같았다.

센터에 도착하니 민수가 나를 보고 말했다. "오늘은 노란색을 다시 쓸 거예요." 나는 이유를 묻지 않았다. 그는 말했다. "비가 그쳤으니까요." 그 한마디가, 내 하루의 모든 피로를 녹였다. 색의 귀환은 이유가 아니라 계절이었다.

시간이 흐르면서 나는 센터의 리듬에 익숙해졌다. 휠체어를 타는 지연 씨와는 오후마다 음악을 들었다. 그녀는 클래식을 좋아했는데, 특히 비발디의 '겨울'을 자주 틀었다. 나는 그 곡이 왜 좋은지 물었다. 그녀는 말했다. "이 곡은 차가운데, 안 아파요." 그 말은 이해되지 않으면서도 완벽하게 이해되었다. 그녀는 추위를 느끼지만, 고통은 거기에 머물지 않는다는 뜻이었다. 그건 생존의 언어였다. 우리는 같은 곡을 들었지만 다른 방식으로 들었다. 같은 음악, 다른 몸, 같은 존재.

어느 날, 새로운 참가자가 왔다. 이름은 성우였다. 그는 청각장애가 있었지만, 음악의 진동을 느끼는 법을 알고 있었다. 그는 나에게 종종 말했다. "소리는 귀로 듣는 게 아니에요. 몸으로 느끼는 거예요." 그는 베이스 스피커 옆에 손을 대고 웃었다. "이게 음악이에요." 나는 그 모습을 보며 생각했다. 세상에는 들리지 않아서 잃는 소리보다, 들리지 않아도 느낄 수 있는 소리가 더 많다는 것을. 언어도, 음악도, 관계도 결국 진동이었다.

그 무렵, 나는 회사에서 점점 고립되어 갔다. "요즘 이상하게 감성적이네요." "그런 일에 너무 빠지면 현실 감각 잃어요." 사람들은 그렇게 말했다. 나는 그 말이 두려웠다. 현실 감각이란 도대체 무엇일까. 효율과 경쟁의 감각만을 말하는 사회에서, 인간의 감각은 언제부터 사치가 되었을까. 나는 민수의 손이 그리는 선을 떠올렸다. 그것이야말로 감각이었다. 선은 목적지 없이도 의미가 있었다.

겨울이 되었다. 센터는 추웠다. 난방이 약했고, 창문 틈으로 바람이 들어왔다. 민수는 손이 시리다며 장갑을 꼈다. 그는 장갑 낀 손으로 그림을 그리며 말했다. "가끔 내 손이 내 마음을 몰라요." 그 말이 이상하게 오래 남았다. 나도 그랬다. 내 마음은 늘 앞서가는데, 내 손은 그 마음을 따라가지 못했다. 나는 그날 일기에 이렇게 썼다. '몸이 마음을 배반할 때, 우리는 비로소 인간이 된다.' 그리고 한 줄을 더 적었다. '그래서 서로가 서로의 몸이 되어준다.'

봄이 와서, 센터에서 작은 전시회가 열렸다. 벽에는 각자의 그림이 걸렸다. 민수의 그림은 입구에 있었다. 제목은 '숨.' 나는 한참을 그 앞에 서 있었다. 노란색과 회색, 그리고 그 사이의 작은 하얀 점들. 그는 말했다. "이건 우리가 같이 그릴 때마다 생기는 공기예요." 나는 그 말을 듣고 눈을 감았다. 그 공기가 내 폐를 채우는 느낌이었다. 한참 뒤 눈을 뜨니, 그림 속 하얀 점들이 실제 공기 중 먼지들과 겹쳐 보였다. 보이는 것과 보이지 않는 것이 서로를 증명하고 있었다.

그날 이후, 나는 삶을 다르게 보았다. 출근길의 사람들, 엘리베이터의 버튼, 회사의 이메일, 회의 속 숫자들. 그 모든 것 속에서 나는 '숨'을 찾았다. 사람들은 살아가지만, 숨 쉬지 않았다. 나는 그 숨을 다시 찾고 싶었다. 회사 복도에 문턱이 높아 휠체어가 지나가기 어려운 구간이 있다는 걸 어느 날 문득 알았다. 그날부터 나는 작은 고무 경사판을 찾았고, 시설팀에 문의했다. '큰일'이 아니어도, 작은 경사가 누군가의 하루를 바꾼다는 걸 배웠다.

봄의 마지막 날, 민수가 내게 작은 그림을 건넸다. 초록색과 노란색이 섞인 그림이었다. "이건 봄이에요. 선생님은 노란색이에요." 나는 웃었다. 그러나 눈물이 났다. 그날 밤, 나는 결심했다. 회사를 그만두기로. 이유는 간단했다. 나는 더 이상 '효율적인 인간'으로만 살아가고 싶지 않았다. 나는 인간이고 싶었다.

퇴사 후, 나는 오랜만에 아무 일정도 없는 아침을 맞았다. 눈을 뜨자마자 휴대폰을 찾지 않았고, 커피를 내리며 창밖을 바라보았다. 거리의 사람들은 각자의 속도로 걸어가고 있었다. 예전 같았으면 그중 가장 빠른 사람에게 눈이 갔겠지만, 이제는 가장 느린 발걸음이 내 시선을 붙잡았다. 그 속도가 삶의 리듬이라는 걸, 나는 이제 안다. 나는 걷는 사람들의 보폭을 세는 대신, 숨 고르는 소리를 듣는 법을 배웠다.

민수에게서 마지막으로 받은 그림은 여전히 내 방 벽에 걸려 있다. 그 초록과 노란색이 겹쳐진 작은 사각형은, 계절이 바뀔 때마다 다른 색으로 보였다. 봄에는 희망 같고, 여름에는 따뜻한 기억 같고, 가을에는 기다림 같았다. 그리고 겨울이 오면 그 색은 조용히 숨었다. 그건 마치 사람의 마음처럼, 언제나 변하지만 사라지지 않는 빛이었다. 나는 가끔 그 앞에 서서 조용히 숨을 들이마시고, 오래 내쉰다. 그 호흡이 나를 다시 사람들 속으로 보낸다.

시간이 흘러 나는 다시 공부를 시작했다. 복지나 예술치료 같은 낯선 분야였다. 처음엔 낯설고 두려웠지만, 민수와 지연, 성우의 얼굴이 떠오를 때마다 다시 용기가 났다. 나는 그들의 세계를 '이해'하려 하기보다, 그 세계 안에서 '함께 머무는 법'을 배우고 싶었다. 강의실에서 교수님이 말했다. "공감은 감정이 아니라 관계의 방식입니다." 그 문장이 내 안에서 오래 울렸다. 나는 노트에 적었다. '관계의 방식 = 속도를 맞추는 기술.'

나는 동네 주민센터에서 수어 기초 강좌를 들었다. '안녕하세요'라는 간단한 인사조차 몸 전체가 말하는 언어였다. 손가락 하나, 손바닥의 방향 하나가 문장과 표정을 바꾸었다. 언어가 몸을 통해 세상으로 나간다는 것을 배우자, 말이 적었던 내 과거가 이해되었다. 나는 말이 없었던 것이 아니라, 몸이 없었던 것이다. 이후로 나는 발표를 준비할 때 자막을 함께 만들고, 영상에는 자동 자막이 아닌 검수된 캡션을 달았다. 작은 문장이 누군가의 세계에 닿는 다리가 되는 것을 보았다.

가끔 엄마와도 오래 이야기했다. "사람은 자기 몫을 해야 해."라던 엄마에게 나는 조심스레 물었다. "엄마, 그 '몫'이 꼭 혼자 짊어져야 하는 거예요?" 엄마는 잠시 생각하다가 말했다. "글쎄, 예전엔 그렇게 배웠지. 근데 나이 드니까 알겠더라. 밥도 함께 먹으면 더 잘 넘어가더라." 우리는 함께 밥을 먹었다. 엄마의 '몫'이라는 단어는 그날 조금 바뀌었다. 서로의 몫, 함께의 몫. 말의 의미가 바뀌면, 세상이 조금 뒤로 물러서 길이 생겼다.

이제 나는 가끔 복지센터의 전시회에 초대받는다. 여전히 같은 냄새가 난다. 낡은 벽지, 먼지 긴 창문, 그리고 웃음의 공기. 민수는 여전히 그림을 그리고 있었다. 이번엔 파란색을 썼다. "이건 하늘이에요. 요즘은 하늘이 마음 같아요." 그가 말했다. 나는 고개를 끄덕였다. "나도 그래요." 우리 둘 사이에 말없이 흐르는 공기가 있었다. 그것이 바로 공감이었다. 말보다 먼저 도착하고, 말이 사라진 뒤에도 남아 있는 공기.

집으로 돌아오는 길, 지하철 안에서 나는 예전의 나를 떠올렸다. 운동회 날 고개를 돌렸던 아이, 교실에서 침묵하던 나, 회의실에서 아무 말도 못하던 나. 그 아이들이 하나씩 내 옆에 앉아 있었다. 그러나 이번엔 도망치지 않았다. 나는 그들에게 말했다. "괜찮아. 이제라도 봤으니까." 그 말은 용서가 아니라 책임의 시작이었다. 나는 그들을 데리고 다음 역에서 내렸다. 함께 내리는 법을 배웠으므로.

어느 무더운 여름날, 센터에서 흙으로 작은 그릇을 빚는 시간이 있었다. 손끝에 흙이 달라붙었다 떨어졌다. 형태가 금세 무너졌다. 민수가 내 그릇의 가장자리를 손가락으로 한 번 쓸어주었다. 그 작은 동작 하나로 그릇은 모양을 되찾았다. 그는 아무 말도 하지 않았다. 나는 알았다. 공감은 큰 말보다 작은 손짓에 가깝다는 걸. 무너진 형태가 스스로를 다시 세우도록 옆에서 한 번 받쳐주는 일.

얼마 전, 중학교 때 말을 더듬던 그 아이를 떠올리며 메일을 썼다. 보낼 주소도 모르는 메일이었다. '그때 미안했어. 침묵으로 너를 혼자 두었어. 네가 떠난 뒤에도 나는 오랫동안 내 안의 차가운 두 글자, 다행이라는 말을 키웠어. 이제는 다르게 말할 수 있을 것 같아. 다행이 아니라, 미안. 그리고 고마워. 너를 생각하며 내가 배웠어.' 보내지 못한 메일이지만, 나는 내게 보냈다. 내 메일함의 임시보관함이 오래된 사과의 창고가 되었다. 언젠가 만날 수 있다면, 그 메일을 보여주고 싶다. 때로 사과는 도착하지 않아도, 출발하는 일 자체로 누군가를 향한다.

어느 가을, 나는 구청의 '보행약자 도로 점검' 모임에 참여했다. 유모차를 미는 부모, 지팡이를 든 노인, 휠체어 사용자와 함께 골목을 걸었다. 낮은 돌부리 하나, 살짝 기울어진 배수로 뚜껑 하나가 얼마나 큰 장벽이 되는지, 발바닥으로 배웠다. 우리는 포스트잇에 문제 지점을 붙여 사진을 찍었다. 별것 아닌 스티커가 동네 지도를 바꾸는 것을 보았다. 스티커가 떨어져도 사진은 남았고, 사진이 남으면 기록이 되었고, 기록은 결국 길이 되었다.

나는 더 이상 '좋은 사람'이 되려 하지 않는다. 그 대신 '있어주는 사람'이 되고 싶다. 누군가의 속도가 늦어질 때, 내 속도를 잠시 내려놓는 사람. 누군가의 색이 숨을 때, 기다림이라는 초록을 곁에 두는 사람. 누군가의 소리가 들리지 않을 때, 진동을 함께 손바닥으로 느끼는 사람. 거창하지 않다. 그러나 거창하지 않은 일들이 삶을 바꾼다. 문턱 하나, 캡션 한 줄, 경사 하나, 기다림 한 번.

공감은 그렇게 찾아왔다. 거창한 깨달음이 아니라, 눈을 마주치는 일, 기다리는 일, 같은 공기를 나누는 일. 공감은 나를 바꾸지 않았다. 다만 나를 열었다. 그리고 그 열린 자리로 타인이 들어왔다. 공간이 사람이 되었고, 시간은 사이가 되었다.

지금 나는 그 시절의 나에게 말하고 싶다. "세상은 이해하는 것이 아니라, 함께 느끼는 거야. 공감은 세상을 바꾸지 않지만, 너를 바꿀 거야. 그리고 그게 세상을 바꾸는 첫걸음이야." 그리고 한 문장을 더 덧붙이고 싶다. "너 혼자서는 완성되지 않아. 우리는 서로의 숨으로 완성돼."

봄의 끝자락, 센터를 나서며 하늘을 올려다본다. 파란색은 민수의 마음이고, 그 속에 아주 작은 노란 점이 떠 있다. 그 점이 나 같기도 하고, 우리가 함께 만든 공기 같기도 하다. 나는 천천히 걸음을 옮긴다. 내 앞을 가로지르는 사람들의 속도를 따라가지 않는다. 대신, 내 옆에서 함께 걷는 사람의 보폭을 맞춘다. 그 보폭이 오늘의 나를 결정한다. 공감은 그렇게, 발걸음으로 쓴다. 그리고 나는 오늘도, 조금 느리게, 그러나 정확하게, 사람 쪽으로 걸어간다.

소감문

숙명여자대학교에서 개최한 공감 수필 공모전에서 제 글이 당선되었다는 소식을 들었을 때, 저는 한동안 말을 잇지 못했습니다. 이 수상은 제게 기쁨이라기보다 '멈춤'과 '숨'에 가까웠습니다. 글을 쓸 때의 감정과, 그 글을 읽어주신 분들이 느꼈을 감정이 어딘가에서 조용히 이어졌다는 사실이 문득 실감났기 때문입니다. 무엇보다, 제가 겪은 작은 변화들이 누군가에게 닿을 수 있었다는 사실이 깊은 울림으로 다가왔습니다. 그 공감을 나눌 수 있는 자리를 마련해 주신 것에 감사합니다.

이 수필을 쓰기 시작하면서 저는 제 자신을 돌아볼 수 있었습니다. 저는 오랫동안 '정상'이라는 단어가 만든 세계 속에서 살아왔고, 빠르기를 미덕으로, 효율을 기준으로, 침묵을 안전장치로 삼는 사람이었습니다. 그러한 세계에서는 장애를 가진 이들이 늘 바깥쪽에 위치했고, 저는 그 바깥을 바라보지 않기 위해 끊임없이 속도를 높이며 살아왔습니다. 그러나 어느 날, 아주 작고 조용한 계기들이 제 세계의 벽을 흔들기 시작했습니다. 그 흔들림은 처음엔 불편함이었지만, 나중엔 질문이 되었고, 결국 '변화'로 이어졌습니다. 그 변화의 중심에는 늘 '사람'이 있었습니다. 그들이 제게 열어준 세계는 이전과 전혀 다른 결을 지니고 있었습니다. 저는 그들의 장애를 통해 세상을 다시 배운 것이 아니라, 그들이 가진 고유한 속도와 감각을 통해 제가 살아온 '정상'의 기준이 얼마나 좁고 단단한 틀 안에 갇혀 있었는지를 배웠습니다. 그 만남은 장애를 바라보는 시선의 변화만이 아니라, '나 자신을 바라보는 방식'의 변화를 이끌어냈습니다.

공감이 누군가를 바꾸는 것이 아니라, 공감이 나를 열어준다는 사실을 저는 늦게야 깨달았습니다. 그 깨달음은 아주 작은 손짓에서 시작되었습니다. 노란색 물감을 반복적으로 그리던 아이의 손끝에서, 입에 문 붓으로 흔들리는 선을 아름답게 만들던 아이의 호흡에서, 소리를 귀로가 아닌 손바닥으로 듣는 아이의 미소에서 저는 처음으로 공감이 무엇인지 알았습니다. 그 순간들은 누군가를 '돕는' 장면이 아니라, 누군가에게 배우고 내가 변하는 장면이었습니다. 장애가 있는 이들의 세계는 사실 제게 '특별한 세계'가 아니었습니다. 다만 제가 너무 오래 외면해온, 그리고 오해해온 세계였습니다. 그 세계에 발을 들이게 되자, 저는 '내가 이해하는 삶'의 지도 자체가 새롭게 그려지고 있음을 느꼈습니다. 빠름 대신 느림, 효율 대신 관계, 말 대신 호흡이 중심이 되는 세계. 그 세계를 통해 저는 '장애'라는 이름 뒤에 숨어 있던 무한한 다양함과 살아 있는 감각들을 보았습니다.

그리고 그 만남은 결국 나와 우리에게 필요한 변화의 시작이기도 했습니다. 장애를 가진 분들의 이야기는 그들만의 이야기가 아니었고, 그들의 감각은 우리 모두가 잃어버린 감각이기도 했습니다. 그들의 속도는 우리 모두가 다시 배워야 하는 속도였고, 그들의 리듬은 우리가 잃어버린 호흡의 자리였습니다. 공감은 그들을 변화시키지 않았습니다. 오히려 우리의 언어, 우리의 삶의 기준, 우리의 윤리 감각을 바꿨습니다. 그분들이 건넨 작은 '기다림 하나, 눈빛 하나, 손끝의 떨림 하나'가 사람의 마음을 여는 가장 확실한 움직임이었습니다. 이번 수상은 그래서 제게 개인적 영광이 아니라, 배움의 결과를 함께 확인하는 시간입니다. 제 글을 읽어주신 분들이 혹시라도 제 경험 속에서 각자의 속도와 감각을 돌아볼 작은 단서를 발견하셨다면, 그것만으로도 글은 이미 자기 역할을 다했다고 생각합니다. 공감은 감정이 아니라 관계의 기술이며, 서로의 세계를 잠시 마주 보기 위해 속도를 조절하는 용기라는 것을 저는 배웠습니다. 이 상은 그 배움의 한 지점에 찍힌 조용한 표시처럼 느껴집니다.

이 글을 읽어주신 심사위원분들께, 그리고 공감을 이야기할 수 있는 자리를 마련해주신 모든 분들께 깊이 감사드립니다. 특히, 제게 공감의 세계를 몸으로 가르쳐준 영화초등학교 통합반의 많은 분들에게 제 마음의 절반을 드리고 싶습니다. 저는 그들의 세계를 이해하기 위해 간 것이 아니라, 그들과 함께 '숨을 나누는 법'을 배우기 위해 그곳에 있었음을 이제서야 분명히 알게 되었습니다. 앞으로도 저는 여전히 느리게, 그러나 꾸준히 사람 쪽으로 걸어갈 것입니다. 서로의 속도를 기다리고, 서로의 색이 숨어들 때 곁을 지키며, 들리지 않는 소리의 진동을 손바닥으로 느끼는 사람이 되고 싶습니다. 이번 수상은 그 길 위에서 받은 선물 같고, 동시에 앞으로 나아가라는 다정한 권유 같습니다.

다시 한 번 진심으로 감사드립니다. 제가 쓴 글이 누군가의 마음을 아주 조금이라도 열어주었다면, 그 열린 틈으로 또 다른 누군가의 숨이 들어가기를 바랍니다. 그 작은 숨결이 결국 우리를 바꿀 것이고, 그 변화는 어쩌면 장애가 아닌 '우리 모두의 인간다움'을 향한 길일 것입니다. 고맙습니다.

김현정

저는 이화여자대학교를 졸업한 뒤 중등교사로 사회에 첫발을 내디뎠습니다. 이후 한동안 가정주부로 지내며 가족을 돌보는 삶을 살았고, 현재는 서울 영화 초등학교에서 장애학생들이 비장애 학생들과 함께 어울려 배우고 성장할 수 있도록 통합교육을 지원하는 일을 하고 있습니다. 일상의 작은 변화와 만남이 남기는 울림을 소중히 여기며, 인생은 끝없이 자신을 확장하고 타인의 세계를 배우는 일이라는 생각으로 오늘도 천천히 걸어가고 있습니다.

파주 시장에서 시작된
작은 공감

최근 한국 사회에는 이주민에 대한 불편한 감정이 더 짙어지고 있다. 피부색이 다르거나, 말이 어눌하다는 이유로 사람들은 쉽게 혐오감을 표현한다. 특히 파키스탄, 방글라데시, 베트남 등 제3국 출신 이주민에 대한 혐오는 점점 더 노골적이 되어 가고 있다. 어쩌면 이런 혐오는 오래전부터 사회의 한 귀퉁이에 자리 잡고 있던 악적인 문화가 다른 얼굴로 되살아난 것인지도 모른다. '깜둥이', '흑형', '짱깨', '쪽발이'와 같은 비하 표현은 여전히 온라인에서 농담처럼 소비되고, 그런 단어를 사용하는 사람조차 그것이 차별의 언어임을 자각하지 못한다. 혐오는 거창한 정치적 구호나 집단행동 속에서만 드러나는 것이 아니다. 그것은 일상 속에서, 가벼운 농담이나 짧은 조롱의 시선에서 조용히, 은밀하게 작동한다. 바쁜 하루의 틈 사이에서 쉽게 내뱉은 말과 무심한 표정, 혹은 아무것도 하지 않는 침묵 속에서조차 혐오의 작동은 이어진다.

　지하철이나 거리에서, 혹은 엘리베이터의 짧은 마주침의 순간에서조차 우리는 그 벽을 마주한다. 옆자리를 피하는 사소한 몸짓, 도움을 요청하는 듯한 그들을 무시하기 위해 괜스레 휴대폰을 꺼내는 모습, 무의식적으로 표정을 굳히는 순간들이 차별의 벽을 공고하게 만든다. 같은 하늘 아래 살아가지만, 여전히 '우리'와 우리에 속하지 않는 '그들'로 규정하는 보이지 않는 선이 그어져 있다. 그 선은 제도나 법의 언어로는 쉽게 설명할 수 없는 감정의 벽으로 보인다.

　나는 파주 소재의 상담센터에서 근무하는 상담사이다. 파주는 서울에서 거리가 멀지 않지만, 도시와 농촌, 공장지대가 한데 엉켜 있는 도시로, 특히 다문화 가정이 빠르게 늘고 있는 지역이다. 통계청 「2024 다문화가족조사」에 따르면 전국 다문화가정 비율은 전체 가구의 약 2.5% 수준이지만, 경기 북부 지역은 평균 3.4%로 그보다 높다. 파주시의 경우 초·중학교 학생 17명 중 1명 꼴인 약 5.8%가 다문화 가정 출신으로, 이는 전국 평균 4.6%보다 높은 수치다. 제조업과 농업, 물류업이 공존하는 이 지역의 산업 구조상 외국인 노동자 가족이 함께 정착하는 비율이 높기 때문이다. 거리에서는 한국어와 영어, 베트남어, 네팔어, 우즈베키스탄어가 뒤섞여 들리고, 상점의 간판과 공공기관의 안내문에도 다국어가 병기되어 있다.

이러한 지역 특성상 상담센터에는 제3세계 국가의 혼혈 아동과 외국인 노동자들이 찾아오기도 한다. 나 역시 어려움을 겪는 혼혈 아동 치료를 맡기도 한다. 한 사람으로서, 그리고 상담사로서 나는 외국인으로서 경험하는 가상의 벽을 자주 목격한다. 그리고 그때마다 '공감'이라는 단어의 의미를 다시금 떠올린다. 공감은 감정의 동조나 단순한 이해가 아니다. 그것은 타인의 자리에서 세상을 바라보려는 의지이자, 그 사람의 속도에 발맞추려는 태도다. 그러나 지금의 사회는 공감보다 효율성이 강조되고 있다. 효율과 속도만이 우선되는 사회에서 타인의 사정을 듣기보다는 자신의 입장을 먼저 내세우고, 서로의 차이를 인정하기보다 서로의 다름에 대한 대치를 이루곤 한다. 그 과정에서 '다름'은 자연스러운 현상이 아니라, 이상하고 불편한 예외가 되어버린다. 나는 상담사로서 삶을 살아가며 다름에 대한 혐오가 얼마나 많은 사람들을 주변부로 밀어내는지 자주 목격하게 된다.

현재 파주는 도심에 새 아파트 단지가 끊임없이 들어서고, 외곽으로는 농업단지와 중소 제조업체, 그리고 물류센터가 끝없이 이어지는 단지가 조성되어 있다. 이러한 특성 탓에 파주는 서울로 출퇴근하는 한국인들의 쉼터가 되기도 하고, 1차 산업에 종사하는 외국인 노동자들의 삶의 터전이 되기도 한다. 이런 복합적인 구조 속에서 외국인 노동자들은 도시의 또 다른 축을 담당하고 있다. 그들은 이 지역의 산업현장 곳곳에서 일하고, 밤이면 숙소로 돌아가 다음날의 노동을 준비하며 도시를 지탱하고 있다. 파주의 낮에는 트럭의 경적이 울리고, 저녁에는 농촌의 냄새가 섞인 바람이 불어온다. 아침 이른 시간엔 각국의 언어로 인사를 나누며 작업복을 챙기는 이주민들의 모습이 보이고, 해가 기울면 차 시동 소리와 함께 공장에서 퇴근하는 듯한 외국인 노동자들의 모습이 보인다. 퇴근 시간 파주의 역에는 한국인보다 외국인이 더 많이 보이기도 한다. 이들의 하루가 멈추면 파주시의 톱니바퀴도 삐걱거린다는 사실을 우리는 잘 알면서도, 그들의 존재를 이방인의 범주에 묶어두려는 습성에서 쉽게 벗어나지 못한다.

이렇듯 파주시에는 각국의 언어가 흩어져 공존하고 다양한 피부색이 뒤섞여 있다. 나에게 이 도시는 한국 사회의 축소판으로 느껴지기도 한다. 서울과 인접해 있어서 서울로 출퇴근하는 한국인들이 거주하는 동시에, 농작물을 재배하고 공장에서 일하는 1차 산업에 종사하는 외국인 이주민들도 거주하는 다문화의 허브로서의 파주시는 마치 다문화 가정이 늘어가는 한국의 모습을 비춘다. 처음 이곳에 왔을 때 나는 그 다양한 인종이 어우러진 풍경이 낯설게 느껴지기도 했다. 언어와 문화의 차이가 만드는 거리감이 분명 존재했다. 그러나 시간이 흐르면서 그 낯섦이 오히려 이 도시를 살아 있는 공간으로 만든다는 사실을 깨달았다. 한국인만으로 구성된 단조로움에 익숙해진 내게, 시장의 소음과 공장의 기계음, 서로 다른 언어로 들리는 인사말이 섞이면서 만들어지는 리듬은 새로운 일상이 되었다. 다름이 새로운 규범이 되고, 다양성이 도시에 활기를 불어넣는 장면을 이곳에서 본다.

퇴근길이면 나는 자주 역 앞의 청과시장에 들른다. 유동 인구가 많은 곳이라 늘 사람들로 붐비고, 과일 냄새와 사람 냄새가 뒤섞인 삶의 냄새가 배어 있다. 봄에는 딸기와 참외가 가득하고, 여름에는 복숭아의 향이, 가을이면 포도와 대추의 빛이, 겨울이면 귤의 색이 시장을 채운다. 계절은 과일의 색으로 도착하고 떠나며, 가판대 위의 가격표는 날씨와 수급을 반영하듯 오르내린다. 시장은 늘 활기찼고 계절마다 바뀌는 과일은 도시의 생동감을 보여주는 작은 징표였다. 외국인 노동자들이 과일을 정리하고 나르는 모습은 익숙했고, 여러 언어들이 섞여 만드는 대화의 소리로 가득한 공간이다.

나는 시장 한편에 위치한 한 가게의 단골이 되었다. 비슷한 시간대에 들러 비슷한 과일을 고르다 보니 어느새 익숙한 손님이 된 것이다. 가게에는 흑인 외국인 노동자가 근무했는데, 그는 언제나 묵묵히 과일을 정리하고, 손님이 오면 짧게 웃으며 봉투를 내밀었다. 처음에는 간단한 인사만 나누었지만, 시간이 지날수록 서로의 얼굴을 알아보게 되었다. 그리고 어느 날부터인가 우리는 눈인사로 계산을 마무리하는 사이가 되었다. 그 눈인사는 짧았지만 묘한 온기를 가지고 있었다. 말보다 따뜻했고, 퇴근길의 피로를 조금은 덜어주었다. 서로에게 수고한다고 전하는 듯한 그 짧은 순간 속에서 공감의 본래 의미를 느꼈다. 그것은 언어로 설명되지 않아도 존재하는, 서로를 응원하는 조용한 이해의 행위였다.

서너 번의 계절이 바뀌는 동안 시장의 일상도 조금씩 달라졌다. 비가 오는 날엔 비닐천막이 바람에 흔들리고, 무더운 여름이면 작은 선풍기가 계산대 뒤에서 쉼 없이 돌아간다. 가을 장마철엔 상인들의 동작이 빨라지고, 겨울이면 손끝이 얼어붙어 장갑을 벗었다 끼었다 하면서도 계산은 정확하게 이어진다. 그는 늘 같은 자리에서 같은 몸짓으로 가게를 지키고 있었다. 손의 노동은 정확했고, 그가 손님에게 봉투를 건네는 방식, 무거운 상자를 옮길 때 허리를 보호하려는 몸의 습관, 사람이 몰리면 피곤이 깊게 내려앉는 표정 같은 것들을 관찰하곤 했다. 근무자로서 한 자리를 지키는 그를 어느새 마음으로 응원하게 된 것이다.

그러던 어느 날, 여느 때와 같이 시장으로 가던 길에 중학생들의 웃음소리가 들렸다. 그들 사이에서 들리는 말에는 '병신', '장애', '짱깨' 등 비하적 표현이 섞여 있었다. 말은 장난처럼 가볍게 들렸지만, 웃음 속에는 무심한 폭력이 배어 있었다. 나는 잠시 발걸음을 멈추고 생각했다. 그 단어들은 공기 중에서 가볍게 흩어졌지만, 누군가의 마음에는 깊은 상처로 남을 수 있다. 이렇게 사소한 말 한마디가 주는 혐오의 불쾌감이 몸을 감쌌다. 말의 무게를 모르는 나이의 입에서 나온 표현일 수 있지만, 그 무게를 가볍게 여기는 어른들의 침묵이 결국 언어의 습관을 굳힌다. 혐오의 언어는 길게 이어지며, 재생산이 빠르다. 제지되지 못한 작은 말의 폭력이 다음 세대의 일상으로 옮겨 간다. 우리는 다음 세대에게 어떤 차별을 넘겨주고 있는지 자문하게 되는 순간이었다.

어느 날은 퇴근길 들른 익숙한 가게의 입구를 지나자 한 손님이 그에게 큰소리를 치고 있는 모습을 보게 되었다. 얘기를 들어보니 아마 과일 수량을 하나 누락한 듯했다. 한국 사람처럼 꼼꼼히 하라는 신경질 어린 말에는 그를 한국 밖의 외부인으로 취급하는 멸시가 얇게 깔려 있었다. 그는 아무 말 없이 허리를 굽히고 사과하고 있었다. 그 장면을 바라보며 피부색과 억양이 한순간에 혐오의 대상이 됨을 실감했다. 단순한 실수가 한국인이 아니어서 발생한 부족함으로 오해받는 장면은 마음 한편을 서늘하게 했다. 혐오는 폭력적인 사건뿐만 아니라 이렇게 일상 속에서 더 자주, 더 쉽게 모습을 드러난다. 나는 그날 말을 아꼈다. 위로가 동정으로 들리거나 더 큰 상처를 남길까 걱정됐다. 대신 결제할 때 살짝 목례하며 조용히 초콜릿 하나를 건넸다. 그것이 내가 할 수 있는 최선의 공감, 늘 묵묵히 일하는 당신을 응원한다는 몸짓이었다. 외부인이 아니라 이웃으로 본다는 조심스러운 신호였다.

　며칠 후, 시장에 다시 들렀을 때 그는 나를 보며 작게 웃었다. 계산을 마친 뒤, 봉투에 배 하나를 더 넣어 덤이라 했고, 달 것이라며 한마디 덧붙였다. 짧고 서툰 말이었지만 진심이 느껴졌다. 항상 웃어 주어 고맙다는 고개 끄덕임과 인사는 단순한 감사가 아니라, 존재가 확인되었다는 안도의 표현처럼 다가왔다. 그날 이후 우리는 틈틈이 조금 더 깊은 이야기를 나누게 되었다. 그는 방글라데시에서 왔다고 했다. 파주에서 일한 지 7년이 넘었고, 아내와 아이와 함께 산다고 했다. 밤늦게까지 이어지는 작업의 피로에도 가족을 떠올릴 때 은은하게 풀리는 미소는 가족이 그에게 얼마나 소중한 존재인지 보여주었다. 또한, 가족 이야기를 들어주는 사람이 있다는 사실만으로도 그는 기뻐하는 듯했다. 묘하게 들뜬 표정이 이를 대변했다. 공감이란 단순한 감정의 동조가 아니라 관계가 지속되기 위한 필수 조건이라는 것을 그날의 대화가 다시 가르쳐 주었다. 언어는 다르지만, 서로의 일상을 조금씩 공유할 때 관계가 비로소 살아났다.

　어쩌면 그의 삶은 내 일상과 멀리 떨어져 있을지 모른다. 대학원생이자 상담사인 나와 청과시장 근무자인 그의 이야기는 쉽게 겹치지 않는다. 그러나 퇴근 후 들르는 그 짧은 순간은 단순한 구매 행위가 아니라, 하루의 끝을 함께 나누는 의식처럼 느껴졌다. 서로의 이름도 모른 채 인사를 건네고, 작은 호의와 반복되는 인사로 조금씩 간극이 메워졌다. 가족도, 친구도 아닌 관계였지만 어느새 느슨하지만 안정적인 끈이 서로의 삶에 공감하게 했다. 겹칠 일 없는 것 같던 청과시장 외국인 노동자와의 유대에서 '공감'이라는 단어의 실제 온도를 배웠다.

퇴근 후 과일을 사러 들른 어느 날, 계산대에서 그는 조심스럽게 아들의 이야기를 꺼냈다. 초등학교에 다니는 아들이 친구들과 어울리지 못하고, 말이 서툴러 놀림을 받으며, 뜻이 막히면 때때로 공격적인 행동을 보이기도 한다는 걱정을 전했다. 그의 표정에는 아이에 대한 염려와 아버지로서의 자책이 동시에 묻어 있었다. 내가 어투가 어눌해서, 한국어를 잘 가르쳐 주지 못해서, 하루 종일 일하느라 양육에 소홀해서 아이가 어려움을 겪는 건 아닐까 하는 자책이 읽혔다. 짧은 이야기였지만 그 안에는 부모로서의 무력감과 타국에서의 고립감이 고스란히 담겨 있었다. 문서상으로는 유려해 보이던 복지 정책들이 현장에서는 얼마나 많은 굴곡과 장벽을 만들어 내는지 느낀 순간이었다.

상담사로서 나는 그에게 도움을 줄 수 있는 방법을 떠올렸다. 아동·청소년 심리지원 바우처, 학교 내 Wee센터, 다문화상담기관 등 다양한 제도가 있었다. 그러나 그것이 실제로 닿기까지는 수많은 장벽이 존재한다는 것을 이어서 알 수 있었다. 안내문은 대부분 한글로만 되어 있었고, 신청 절차는 언어에 능숙한 누군가의 도움 없이 독자적으로 진행하기에는 복잡했다. 접수 창구의 운영시간과 노동시간이 맞지 않는 구조, 소득기준과 체류자격을 증빙하는 서류의 언어 장벽, 온라인 신청 화면의 작은 단어 하나가 이해되지 않아 페이지를 닫게 되는 한계들이 곳곳에 놓여 있었다. 좋은 제도는 많지만, 그 제도가 도달하지 못하는 사람들에게는 존재하지 않는 것과 같다. 소외계층에게 좋은 제도가 있으니 잘 활용하라는 말은, 개울 너머 사과나무의 열매를 따오라면서 구멍 난 다리를 건너가라는 말과 같이 들렸다.

휴대폰 번역기를 켜고 최대한 어려운 말을 줄이며 바우처 제도를 설명했다. 신청 시기, 자격 요건, 필요한 서류, 예상되는 소요기간, 이용 가능한 기관의 위치까지 하나씩 정리해 전달했다. 그는 한참을 듣다가 낮은 목소리로 자신도 받을 수 있는지 물어보았다. 그 짧은 질문은 단순히 행정적 자격을 묻는 말이 아니었다. 이 사회 안에서 자신이 돌봄의 대상이 될 수 있는 사람인지, 보호받을 가치가 인정되는 존재인지 확인하려는 물음이었다. 나는 거듭 고개를 끄덕였다. 신청 가능하다고, 함께 시도하면 된다고, 다음 단계를 같이 밟아 보자고 이야기했다. 말보다 확실한 것은 실제의 동행이었기에, 휴대폰 화면을 함께 보며 번역기를 다시 읽었다. 자격 확인 페이지의 단어를 풀어 설명하고, 신청하는 곳의 위치를 가리키며 절차를 천천히 따라갔다.

그 순간, 우리 사회의 빈틈이 선명하게 보였다. 도로 곳곳에 바우처 안내 플랜카드가 걸려 있었으나 안내문은 모두 한글로 되어 있었다. 지원 절차와 자격 확인 과정은 복잡하여 누군가의 도움의 손이 닿아 주지 않으면 쉽게 포기하도록 되어 있는 듯했다. 근무시간 탓에 창구를 찾았다가 닫힌 문을 마주해야 하는 현실, 번역기의 오차로 인해 생기는 오해들. 그 과정을 지켜보며, 좋은 제도도 그것이 닿지 않으면 아무 의미가 없다는 사실을 다시 확인했다. 행정의 언어가 닿지 못하는 곳에서 사람의 언어만이 진짜 다리를 놓을 수 있다는 확신이 들었다. 공감은 바로 그 다리를 놓는 일이며, 그 다리는 문장만으로 지어지지 않는다. 함께 걷는 속도와, 기다려 주는 시간, 옆에 서 있어 주는 자세로 세워진다. 일단 담임교사에게 대화를 요청해 보는 것이 좋겠다고 전했고, 필요하면 다시 도움을 청해 달라고 부탁드리며 대화를 마쳤다.

며칠 뒤 방문한 가게에서 그는 담임교사와의 대화를 마쳤다고 전했다. 아이가 먼저 학교 Wee센터 상담을 시작하게 되었고, 그에게도 일단의 안도감이 찾아온 듯했다. 그의 표정에는 고마움이 묻어 있었고, 나를 좋은 사람이라 부르던 미소가 더 단단해졌다. 그날 나는 상담사로서의 보람을 넘어, 공감의 힘을 몸으로 느꼈다. 공감은 말의 기술이 아니라, 상대의 속도를 따라 함께 걷는 행동이라는 것을 실감했다. 팸플릿을 쥐여 주는 안내가 아니라, 차근차근 동행하는 절차가 결국 사람을 제도에 연결한다는 사실. 행정의 문턱을 낮추는 일은 온도 높은 말이 아니라 실제의 시간과 손의 움직임으로 가능하다는 사실도 다시 생각했다.

지금도 그 시장을 지나면 그는 여전히 같은 자리에 서 있다. 사과와 배를 정리하며 손님에게 미소를 건네고, 나를 발견하면 짧게 웃는다. 다음 상반기 바우처 신청을 진행하겠다며 고맙다는 인사를 건넨다. 나는 그 인사에 다시 고개를 숙이며, 성인 대상 바우처도 있으니 언제든 필요하면 꼭 말해 달라고 전한다. 혐오가 점점 교묘해지고 익숙해지는 시대일수록 공감은 더 구체적이고 따뜻해야 한다는 생각이 든다. 짧은 인사, 잠시 멈춰 귀 기울이는 시간, 그리고 함께 웃을 수 있는 용기. 이 단순한 것들이 서로를 연결하는 가장 확실한 방법이라고 믿는다. 이야기를 듣고, 필요한 정보를 함께 찾아가며 곁에 머무는 일. 그것이 내가 배운 공감의 방식이다. 언젠가 이 땅의 이주민들이 더 이상 외국인이 아니라 이웃으로 불리게 되는 날을 기다린다. 그리고 한 명의 이웃도 복지가 필요할 때 소외되지 않기를 바란다.

파주의 작은 시장은 내게 공감의 학습장이었다. 상담실에서 배운 공감의 이론과 원칙이 삶의 현장에서 어떤 모양으로 움직이는

지 그곳에서 확인했다. 설명보다 동행이 먼저이고, 외국인이라는 범주적 구분 대신 눈앞의 이웃으로 기억하는 버릇이 신뢰를 만든다는 경험적 진실을 확인했다. 이런 원칙들은 특별한 기술이 아니다. 매일의 다가감으로 신뢰가 쌓이고, 관계의 반복으로 단단해진다. 시장 골목을 몇 번이고 오가며 나는 그 사실을 알게 되었다. 여기에 하나를 덧붙이자면, 공감은 개인의 인품에만 기대는 미덕이 아니라 공동체의 역량이라는 점이다. 취약계층을 위한 행정 안내문에도 쉬운 문장과 다국어가 병기될 때, 복지 시설의 방문 시간이 이주 노동자 가정을 고려해 조정될 때, 주민센터 창구가 통역 자원봉사와 연결될 때, 개인의 선의는 제도의 품 안에서 더 멀리, 더 오래 지속될 것이다.

이 경험은 나를 내 일의 초심으로 데려다 놓았다. 상담이라는 일의 본령은 누군가의 이야기를 판단 없이 듣고, 그 이야기의 속도에 발맞추는 일이다. 그 속도는 늘 같지 않다. 때로는 아주 느리게 흐르고, 때로는 멈칫멈칫 앞으로 나아간다. 조급함은 관계를 끊고, 서두름은 의미 있는 변화를 지워 버린다. 바우처 제도를 안내하면서도, 나는 가장 먼저 듣는 이의 속도를 살폈다. 설명을 한 번 더 되짚을 필요가 있는지, 어디까지가 적당한지, 돌아가 혼자 할 수 있는 범위는 어디까지인지 가늠하며 조절의 감각에서 공감을 깨웠다. 과잉의 도움도, 부족한 안내도 관계를 비틀 수 있다.

적정한 거리를 재는 일, 상대의 자율을 살려 두는 일, 그럼에도 혼자두지 않는 일 사이의 균형은 수치로 표현하기 어려운 공감을 실현하는 현장에서만 길러지는 감각이다. 그리고 그 감각은 시장의 한가운데서, 서로의 삶을 스치듯 지나치는 장면들 속에서 다져진다.

지금도 상담실을 찾아오는 다문화 가정 아이들을 볼 때면 시장에서 배운 공감의 기술이 떠오른다. 타인이 익숙하지 않은 문화를 배워 가는 동안 보이는 느린 반응을 무가치함이나 무능으로 취급하지 않을 것을 다짐한다. 더불어, 외국인으로서 양육에 어려움을 겪을 수 있는 보호자들의 속도를 인정할 때 나의 공감은 조금 더 넓어진다. 공동체가 이를 뒷받침할 최소한의 장치도 필요하다. 학교 가정통신문의 쉬운 한국어 버전, 지역 도서관의 다국어 독서 프로그램, 보건소·복지관의 간단한 도식 안내와 같은 사소한 변화가 실제의 문턱을 낮춘다. 이러한 변화는 거대하지 않지만, 사람을 제도에 연결하는 마지막 한 걸음을 가능하게 한다.

지금도 나는 그 시장을 자주 지난다. 여전히 그는 같은 자리에 서 있다. 나를 보면 눈짓으로 먼저 인사한다. 시장의 공기는 여전하지만, 그 안에서 나는 공감의 지속을 본다. 각국의 언어가 섞여 흐르는 공기와 과일 냄새와 사람 냄새가 채운 골목에서 공통된 마음의 결을 발견한다. 서로의 언어가 다르고 삶의 조건이 달라도, 함께하는 결을 느끼는 순간 우리는 비로소 같은 도시의 구성원으로 연결된다.

혐오가 교묘해지고, 무관심이 일상의 표준이 되어가는 시대일수록 공감은 더 구체적이어야 한다. 그것은 단순한 감정이 아니라 행동의 문제이며, 태도의 실천이다. 공감은 누군가를 대신 불쌍히 여기는 것이 아니라, 그 사람의 속도에 맞추어 걷는 일이다. 이야기를 듣고, 필요한 정보를 함께 찾아가며, 곁에 머무는 일. 그것이 내가 배운 공감의 방식이다. 언젠가 이 땅의 이주민들이 더 이상 외국인이 아니라 이웃으로 불리는 날을 기다린다. 그날이 오기까지 나는 오늘도 파주의 저녁 시장을 걸어간다. 공감은 멀리 있지 않다. 작은 인사, 잠시의 시선, 천천히 듣는 자세 속에 있다. 그 자세가 쌓이면 제도는 더 가까이 다가오고, 도시의 공기는 조금 더 따뜻해진다. 그 변화는 느리지만 결코 미미하지 않다. 시장에서 시작된 작은 공감이 행정 창구의 문턱을 낮추고, 학교 상담실의 시간을 유연하게 만들며, 복지 안내문의 언어를 다양하게 바꾸어 간다. 나는 그 믿음을 품고, 내일도 파주의 저녁 시장을 방문할 것이다. 오늘보다 조금 더 천천히, 그러나 조금 더 멀리 공감이 퍼지길 바란다. 공감이야말로 사람들이 함께 살아가는 기술임을 이 시장에서 경험했기 때문이다.

침묵 속의 대화

처음 그 개를 본 건 여름의 끝이었다. 회사 근처 좁은 골목, 쓰레기통 옆에서 웅크리고 있던 작은 갈색의 몸. 햇빛에 털이 번들거렸고, 목에는 닳아버린 붉은 목줄이 매달려 있었다. 그는 나를 보았지만 피하지 않았다. 그냥, 본다. 그 단순한 시선이 나를 당황시켰다. 그날 이후로 퇴근길에 나는 이상하게 그 골목을 비껴갈 수가 없었다. 그곳을 지나면 하루가 완성되는 듯한 기분이었다.

회사 사람들은 늘 바빴다. 사무실 안은 시계의 초침보다 빠르게 움직였다. 커피잔을 내려놓고도 다음 회의, 다음 메일, 다음 숫자가 기다리고 있었다. 나도 그 안에서 기계처럼 살아가고 있었다. 감정이 들어설 틈은 없었다. 그런 나에게 살아 있는 것이 다가왔다. 나는 그때까지 몰랐다. 생명을 만난다는 건, 나 자신을 마주하는 일이라는 걸.

처음엔 그냥 먹이를 줬다. 편의점에서 소시지 하나를 사서 던

져주고, 멀리서 바라봤다. 그는 냄새를 맡고 천천히 다가왔다. 소리를 내지 않고, 먹었다. 그 단순한 행동이 그렇게 오래 내 머릿속에 남을 줄 몰랐다. 집에 돌아와 씻고 누워도 그 개의 눈이 떠올랐다. 까맣고 깊었다. 사람의 눈과는 달랐다. 어떤 의도도, 계산도 없었다. 그냥 존재였다.

나는 그에게 이름을 붙였다. 별이. 밤마다 혼자 빛나는 존재라는 뜻이었다. 그 이름을 부르자 세상이 조금 변했다. 이름 없는 존재가 이름을 가지는 순간, 그건 나의 일부가 된다. 별이는 나의 하루 속으로 들어왔다. 그날부터 나는 퇴근길마다 그의 자리를 들렀다. 여름이 가고, 가을이 왔고, 바람이 불 때마다 별이는 거기 있었다.

별이는 나를 금세 믿지 않았다. 인간을 경계하는 눈빛은 오래된 기억의 결과였다. 누군가 그를 버렸을 것이다. 나는 그 앞에서 말 대신 기다렸다. 아무 말도 하지 않고, 한참을 앉아 있었다. 그는 냄새를 맡았다. 멀리서. 조금씩 가까워졌다. 그러다 어느 날 내 발치에 코를 갖다 댔다. 그때, 이상하게 울고 싶었다. 공감이란 단어가 얼마나 자주 쓰였던가. 그러나 나는 그때 처음으로 그 의미를 알았다. 공감은 설명이 아니라 머무름이었다.

가끔은 회사 동료들이 나를 비웃었다.

"요즘도 그 길개 돌봐요?"

"회사 일도 벅찬데, 왜 그런 데 신경을 써요?"

"그런 건 시에서 알아서 하잖아요."

나는 웃었지만, 마음속에 무언가 뜨겁게 일어났다. 누군가를 돌본다는 게 어째서 비웃음의 대상이 되는 걸까. 우리는 효율을 숭배하면서도 돌봄을 낭비로 여겼다. 인간이 만든 가장 비인간적인 공식이었다.

별이는 늘 같은 자리에서 나를 기다렸다. 퇴근이 늦은 날이면 어둠 속에서도 그의 형체가 보였다. 어두운 골목에서, 가로등 아래서, 그는 꼬리를 한 번 흔들었다. 나는 그 흔들림을 하루의 인사로 받았다.

겨울이 왔다.

그해 겨울은 유난히 추웠다. 바람이 매서워지고, 하늘은 금속처럼 단단해졌다. 별이는 그 바람을 그대로 맞았다. 나는 낡은 담요를 하나 들고 갔다. 그에게 덮어주자 그는 처음엔 물러났다. 낯선 물건을 경계하던 눈빛. 그러나 이내 천천히 다가와 담요 위에 몸을 말았다. 그 순간 나는 이상하게 마음이 따뜻해졌다. 누군가를 보호한다는 감정이 이렇게 구체적인 체온을 가질 수 있는가.

별이와 나는 여러 계절을 함께 보냈다. 봄에는 벚꽃이 흩날리는 공원을 함께 걸었고, 여름에는 강가 그늘 아래서 함께 앉아 있었다. 그는 강물의 냄새를 맡았고, 나는 바람의 냄새를 맡았다. 우리는 같은 공간에서 다른 세계를 느꼈다. 그게 공존이었다. 서로의 언어를 몰라도, 같은 시간 안에 있다는 사실 하나로 충분했다.

어느 날 아침, 별이가 보이지 않았다. 전날까지만 해도 그 자리에 있었는데, 어디에도 없었다. 나는 골목을 돌고, 인근을 헤맸다. 그러다 새벽녘, 버스정류장 근처에서 그를 봤다. 사람들의 발길 사이를 조심스럽게 건너며 나를 향해 오고 있었다. "별이." 내가 부르자 그는 달려왔다. 나는 그를 안았다. 가슴이 뛰었다. 그는 도망치지 않았다. 그 순간, 나는 울었다. 이 도시에서 누군가가 나를 기다리고 있었다는 사실 하나만으로도 충분했다.

시간이 지나면서 별이는 사람을 점점 피했다. 그는 도시의 속도를 싫어했다. 누군가 발로 찬 적도 있었다. 귀가 찢어지고, 다리에는 상처가 남았다. 나는 그를 병원으로 데려갔다. 수의사는 별이의 상처를 닦으며 말했다. "이런 아이들은 늘 이렇게 아파요. 그래도 살아 있잖아요. 그게 대단한 거예요." 나는 그 말을 마음속에 새겼다. 그래도 살아 있는 것. 상처를 입고도 숨을 쉬는 것. 그건 단순한 생존이 아니라, 존재의 존엄이었다.

어느 날 나는 아버지를 떠올렸다.

어린 시절, 아버지는 늘 말했다.

"세상은 약한 걸 용납하지 않아."

그는 냉정했고, 정확했다. 그러나 나는 이제 안다. 약한 존재들이야말로 세상을 지탱한다는 것을. 별이는 나를 통해 그걸 보여 줬다.

회사 건물 근처가 재개발로 철거되기 시작한 것은 그다음 해 봄이었다. 별이의 골목이 사라졌다. 쓰레기통이 있던 자리는 가림막으로 덮였고, 콘크리트와 먼지가 대신했다. 그 자리에 서서 나는 아무 말도 하지 못했다. 도시의 성장이라 불리는 것이 얼마나 많은 생명을 밀어내는가. 나는 그때 처음으로 이 도시의 비인간적 구조를 물리적으로 느꼈다.

별이는 그 이후로 자주 자리를 옮겼다. 나는 그를 찾아다녔다. 어떤 날은 버스정류장 뒤에서, 어떤 날은 공원 벤치 밑에서 그를 보았다. 우리는 서로를 찾았다. 그건 연민이 아니라 약속이었다. 인간과 비인간의 약속. 말로 하지 않아도 통하는 종류의 신뢰.

그해 여름, 별이는 병들었다. 먹지 않았고, 걷지 않았다. 나는 그를 안고 병원으로 갔다. 수의사는 고개를 저었다.

"많이 늙었어요. 그래도 조용히 보내주는 게 좋아요."

나는 그 말을 듣고도 고개를 끄덕이지 못했다. 병원 밖에서 별이는 내 손을 핥았다. 그 혀의 감촉이 미묘하게 따뜻했다. 그건 인사였다. 고맙다는, 괜찮다는, 잘 가라는 인사.

며칠 뒤, 별이는 눈 속에서 죽어 있었다. 흰 눈 위에 엎드린 작은 갈색의 몸. 나는 그를 안았다. 차가웠지만, 낯설지 않았다.

그 냄새는 여전히 별이의 냄새였다. 흙, 바람, 시간, 그리고 나. 나는 그를 담요에 싸서 강가 나무 아래에 묻었다. 그 나무는 봄이면 꽃이 핀다. 그는 이제 흙 속에서 다시 자랄 것이다. 나는 그 사실이 위로가 되었다.

별이가 떠난 뒤에도 나는 그 길을 걸었다. 골목은 변했고, 새 건물이 들어섰다. 그러나 나는 여전히 그 자리를 알고 있었다. 바람이 불면, 그 냄새가 다시 돌아왔다. 나는 그 냄새 속에서 숨을 쉬었다. 살아 있다는 건 아마 그런 일일 것이다. 누군가의 흔적을 들이마시며 사는 일.

이제 나는 보호소에서 봉사한다. 루미라는 이름의 새 강아지를 돌본다. 처음 만났을 때 그는 겁이 많았다. 사람만 보면 구석으로 도망쳤다. 나는 별이에게 했던 방식으로 다가갔다. 아무 말도 하지 않고, 기다렸다. 루미는 언젠가 내 무릎에 머리를 올렸다. 그때 느낀 체온은 별이의 그것과 같았다. 나는 그 온기를 두 번 받은 사람이다. 한 번은 과거로부터, 또 한 번은 지금으로부터. 그 두 체온이 내 안에서 섞여 산다.

나는 이제 안다. 공감은 감정이 아니라, 삶의 형태다. 누군가를 이해하려는 욕망이 아니라, 그 존재 곁에서 함께 견디는 일이다. 세상은 여전히 빠르고 냉담하지만, 나는 그 속도 속에서 느린 것들의 언어를 배웠다. 바람의 냄새, 흙의 촉감, 동물의 숨소리, 그리고 그 사이의 침묵. 그 침묵이야말로 가장 인간적인 목소리였다.

별이는 없다. 그러나 나는 그의 세상에서 여전히 산다. 나무가 자라듯, 냄새가 흩어지듯, 그의 흔적은 내 안에 있다. 언젠가 나도 흙으로 돌아가면, 그 옆에 눕고 싶다. 우리가 같은 땅에서 썩는다면, 그것으로 충분하다. 살아 있는 모든 것은 언젠가 사라지지만, 그들의 시간은 사라지지 않는다. 그것이 공존의 진짜 의미다.

별이가 세상을 떠난 뒤 나는 한동안 말을 거의 하지 않았다. 말은 공기와 닮아 있어서, 입 밖으로 내는 순간 감정이 흩어졌다. 회사에서는 여전히 보고서를 작성하고, 회의실에 앉아 숫자와 마감일을 계산했지만, 손끝의 감각이 희미했다. 아무 일도 변하지 않았는데, 모든 게 달라진 듯했다. 도시의 소음은 그대로였고, 사람들의 말투도 같았지만, 내 귀에는 다른 주파수가 잡혔다. 누군가 웃는 소리가 멀리서 들리면 그 웃음 뒤에 감춰진 허기가 먼저 느껴졌다. 세계는 너무 잘 굴러갔다. 누군가의 죽음이나 부재 따위로는 절대 흔들리지 않는, 완벽하게 효율적인 세계. 그 속에서 나는 점점 투명해졌다.

어느 날 퇴근길, 버스 창문 밖으로 낡은 담벼락이 보였다. 그 위에 개 한 마리의 낙서 같은 그림이 있었다. 얼룩지고 지워져 있었지만 나는 단번에 알 수 있었다. 별이였다. 나는 충동적으로 벨을 눌러 버스에서 내려 그 벽 앞에 섰다. 가까이 가보니 눈이 그려져 있지 않았다. 하지만 그것이 별이라는 걸 알아보는 데는 아무런 어려움이 없었다. 그 형체 안에는 기억이 남아 있었다. 나는 손끝으로 거칠고 차가운 콘크리트를 쓸며 마음속으로 이름을 불렀다. "별이." 그 이름을 속으로만 부르는 것만으로도 가슴이 묘하게 따뜻해졌다.

그날 밤, 나는 별이가 묻혀 있는 강가로 갔다. 바람이 차가웠다. 나무 아래의 흙은 이미 얼어 있었다. 그 위에 오래 앉아 있었다. 지나가는 개들이 멀리서 짖었고, 사람들의 발자국 소리가 들려왔다. 나는 눈을 감고 바람을 들이마셨다. 흙과 물, 나무의 냄새가 섞인 공기였다. 그 냄새 속에는 숨소리가 있었다. 별이는 죽었지만, 여전히 그 냄새 안에 살고 있었다. 나는 그 사실이 위로였다. 어떤 존재들은 사라진 뒤에도 공간의 무게로 남는다. 별이는 그렇게 남았다.

며칠 후 나는 다시 동물보호소의 문을 열었다. 문틈에서 익숙한 냄새가 났다. 젖은 털, 철제 우리, 소독약의 잔향. 그것은 어떤 의미에서 나의 집 냄새와도 비슷했다. 그곳에는 루미라는 이름의 하얀 강아지가 있었다. 작고 겁이 많았다. 사람의 손이 다가오면 몸을 웅크렸다. 나는 별이에게 했던 방식으로 다가갔다. 아무 말도 하지 않고, 단지 기다렸다. 며칠 뒤 루미가 내 손등을 핥았다. 그 부드러운 혀의 감촉이 전류처럼 심장까지 닿았다. 그건 신뢰

의 첫 표현이었다. 별이를 처음 만났을 때의 그 떨림이 다시 돌아
왔다.

보호소에서의 시간은 느리게 흘렀다. 아침이면 사료를 나르고,
저녁이면 우리를 청소했다. 밤이 되면 모든 동물들이 조용히 숨을
골랐다. 나는 종종 그 숨소리들을 들으며 눈을 감았다. 그 소리는
묘하게 사람의 숨보다 더 정직했다. 거짓이 없었다. 어떤 날은 새
로 들어온 동물들이 공포에 질려 구석으로 숨었고, 나는 그들의
이름을 부르며 속삭였다. "괜찮아. 여긴 안전해." 그러나 그 말을
하면서도 스스로에게는 확신이 없었다. 세상에는 진짜로 안전한
공간이 거의 없다는 걸 알고 있었기 때문이다.

어느 날 한 자원봉사자가 내게 물었다. "왜 이 일을 계속하세
요?" 나는 잠시 대답을 망설이다 어깨를 으쓱했다. 진심을 말하기
엔 너무 길고 무거웠다. 하지만 속으로는 알고 있었다. '이 일을
하는 이유는 나 자신이 인간으로 남기 위해서다.' 돌봄은 대상을
위한 것이 아니라, 나를 위한 구원이었다.

봄이 오자 보호소에는 새끼 고양이들이 태어났다. 여름에는 폭
우가 내려 보호소 마당이 물에 잠겼고, 가을에는 버려진 개들이
다시 늘어났다. 생명은 끊임없이 들어오고 나갔다. 이름이 붙고,
이름이 사라졌다. 나는 그 순환 속에서 '생명'이라는 단어의 본래
의미를 배웠다. 그것은 어떤 완성도나 목적이 아니라, 단순한 반

복이었다. 살아 있는 것은 언제나 불완전하게 이어지고 있었다.

그해 여름, 초등학생 한 아이가 보호소로 찾아왔다. 작은 갈색 강아지를 품에 안고 울고 있었다. "엄마가 키울 수 없대요." 아이의 손에는 분홍색 목줄이 쥐어져 있었다. 나는 그 강아지를 조심스럽게 받았다. 아이의 눈물이 내 손등 위로 떨어졌다. 그 따뜻함이 오래도록 남았다. 나는 아이에게 말했다. "괜찮아. 얘는 여기서 잘 있을 거야." 그러나 마음속에서는 다른 말을 하고 있었다. '괜찮지 않아. 하지만 우리는 견뎌야 해.' 아이는 고개를 끄덕였고, 손을 흔들었다. 나는 그 강아지에게 '모래'라는 이름을 붙였다. 색깔이 모래 같았고, 눈빛도 그랬다. 모래는 금세 나에게 다가왔다. 몇 번의 걸음 끝에 내 다리에 코를 댔다. 그 단순한 신뢰의 표현은 말보다 강렬했다.

나는 모래를 돌보면서 깨달았다. 별이는 떠났지만, 내가 별이에게서 배운 감각은 내 안에 여전히 살아 있었다. 그것은 돌봄의 기술이 아니라, 태도의 문제였다. 공감은 이해의 문제가 아니라, 곁에 머무는 방식의 문제였다. 우리는 서로의 언어를 몰라도 존재할 수 있다. 이해보다 오래 가는 건 침묵이었다.

가을이 깊어갈 즈음, 보호소에 낯선 남자가 찾아왔다. 그는 오래된 필름 카메라를 들고 있었다. "이곳의 동물들을 기록하고 싶습니다." 그는 말이 적었고, 사진을 찍을 때마다 숨을 죽였다. 나는 몇몇 동물의 이름과 사연을 설명했다. 그가 돌아가기 전, 내게 사진 한 장을 건넸다. 낯익은 풍경이었다. 오래전, 내가 본 그 벽화의 사진. 별이의 낙서였다. "이 벽은 곧 철거될 거예요. 그래서 찍어뒀습니다." 그의 말에 나는 잠시 숨을 멈췄다. 누군가가 별이를 기억하고 있다는 사실, 그것만으로도 감사했다. 기억은 사랑의 또 다른 이름이었다.

시간이 흘러 나는 보호소 일을 그만두었다. 다른 도시로 옮겨야 했고, 새로운 집에서 새로운 일을 시작했다. 그러나 이상하게도 모든 게 낯설지 않았다. 어느 저녁, 낡은 골목을 걷다 한 마리 고양이를 보았다. 햇살이 비스듬히 떨어지는 벽 아래에서 고양이는 내 눈을 마주쳤다. 잠시 멈추더니 아무 일도 없다는 듯 걸어갔다. 그 순간 나는 미묘한 안도감을 느꼈다. 공존은 어쩌면 이런 것일지도 모른다. 서로를 지나치면서도 서로를 인식하는 것. 그 짧은 시선의 교차 속에서 세계는 완성된다.

이후로 나는 주말마다 근처 산책로를 걷는다. 낙엽이 쌓이고, 바람이 부는 계절의 변화가 눈에 들어온다. 예전에는 보이지 않던 것들이 보였다. 길가의 풀잎에 앉은 벌레, 전선 위의 까치, 풀잎을 따라 흐르는 이슬. 나는 멈춰 선다. 그리고 그 자리를 내어준다. 나의 속도를 그들의 속도에 맞춘다. 그 잠시의 교감이 내 하루를 바꾼다. 누군가를 구하지 않아도 된다. 잠시 머물러 주는 것만으로 충분하다.

가끔 비 온 뒤 흙냄새를 맡을 때, 별이의 냄새가 난다. 그건 단순한 기억이 아니라 감각의 재현이다. 냄새 속에는 흙, 비, 피, 그리고 바람이 섞여 있다. 살아 있는 모든 것의 냄새다. 나는 그 냄새를 들이마시며 미소 짓는다. 별이는 내 곁에 없다. 그러나 그의 리듬은 여전히 내 걸음 속에 있다.

어느 겨울밤 나는 꿈을 꾸었다. 눈 덮인 강가, 별이가 나무 아래에 서 있었다. 그는 나를 바라보다 고개를 돌렸다. 가지 위에는 새 한 마리가 앉아 있었다. 별이는 그 새를 향해 걸어갔고, 나는 그 뒤를 따랐다. 세상은 아무 소리도 내지 않았다. 눈이 내리고, 모든 것이 하얗게 빛났다. 그 침묵이 너무 아름다워서, 깨어났을 때 눈물이 흘러 있었다. 나는 그때 알았다. 침묵은 슬픔이 아니라, 공존의 언어였다.

지금 나는 종종 사람들에게 말한다. "공감은 말로 하는 게 아니에요. 자리를 내주는 거예요. 이해하려고 다가갈 때 생기는 틈, 그 틈이 관계를 만듭니다. 그 틈을 감당하는 일이 우리가 해야 할 일입니다." 그 말을 할 때마다 나는 별이를 떠올린다. 그가 나에게 준 건 감정이 아니라 리듬이었다. 그의 멈춤, 그의 걸음, 그의 숨소리, 그 모든 리듬이 내 안에 남았다. 그래서 나는 이제 서두르지 않는다. 세상이 아무리 빠르게 변해도, 나는 내 속도를 지킨다. 그것은 별이의 속도이며 동시에 나의 속도다.

언젠가 나도 별이처럼 흙으로 돌아갈 것이다. 그때 누군가 내 자리에 꽃을 심어준다면 좋겠다. 그 꽃에 벌이 날아오고, 바람이 스쳐가고, 그 바람이 또 다른 사람의 머리카락을 흔든다면 그걸로 충분하다. 그것이 공존의 완성이다. 별이는 없다. 그러나 그가 남긴 침묵은 내 안에서 여전히 살아 있다. 그의 리듬이 내 삶이 되었고, 그의 침묵이 내 언어가 되었다. 공감은 이해의 문제가 아니라 살아 있음의 가장 단순한 형태다. 그리고 나는 이제 안다. 살아 있는 모든 것들은 언젠가 사라지지만, 그들의 리듬은 사라지지 않는다. 그것은 공기처럼, 냄새처럼, 바람처럼, 우리 곁에 남는다.

함경주

저는 숙명여대 인근 지역아동센터에서 사회복지사로 일하며, 아이들의 일상 속 작은 변화와 마음의 움직임을 가장 가까이에서 지켜보고 있습니다. 현장에서 일하다 보면, 세상에 온전히 의지할 곳 없이 남겨진 존재들과 마주하며 돌봄의 의미와 감정에 대해 많은 생각을 하게 됩니다. 그래서인지 버려진 동물들의 삶과 감정에도 자연스레 마음이 향했습니다. 이번 공모전 수필 역시, 인간의 울타리 밖에서 외롭게 남겨진 생명들에게 어떻게 다가가고 이해할 수 있는지에 관한 제 경험을 담았습니다. 제게 스며들었던 공감의 순간들을 독자들과 나눌 수 있길 바랍니다.

카라카스셀다

나는 그런 사람이다. 새로운 것을 두려워하고 새로운 시작은 항상 마음을 찢는 듯 아프게 한다.

28 나이인데도 그런 이유는 아직 희미하지만 나는 그냥 그렇게 살아왔다. 나의 것을 지키고 그 안에만 편하고 안전감을 느꼈다. 또한 무엇이든, 어떤 상황이든 이별하기 힘들고 새로운 시도는 별로 하고 싶지 않은 마음을 들고 다니며 숨 쉬고 있었다.

그래서 이 이야기는 내가 내 마음 주변에 세워뒀던 안전벽을 천천히 부서져버리는 기쁘면서도 아픔이 가득 찬 나의 마음속을 볼 수 있는 그나마 작은 창문이다.

이러한 내가 모든 것을 뒤에 두고 캐리어 하나를 들면서 지구 건너편까지 미디어 공부를 하려는 마음으로 와버렸다.

새 학기의 첫 수업이었다.

아직 아무도 친해지지 않은 시기 이름조차 익숙하지 않은 얼

굴들 사이에 앉아 있었다. '미디어수용자행동(Audience Behavior)'
이라는 과목이었는데 학부 때의 수업과는 모든 면에서 달랐다.
넓고 시끄러운 강의실 대신 교수님과 약 여덟 명 정도의 학생이
함께하는 아주 작은 교실이었다. 모두가 가까운 거리에서 마주
앉아 있었고 질문 하나하나에 교수님이 직접 대답해 주셨다. 학
생 수도 적다 보니 서로의 표정과 반응이 그대로 드러났다. 이런
밀도 높은 분위기와 교수님과의 직접적인 소통 방식은 내게 낯설
었다.

나를 제외하고는 모두 어느 정도 서로를 알고 있는 것 같았다.
이미 지난 학기에 함께 수업을 들은 학생들도 있었고 교수님과도
자연스럽게 대화를 이어갔다. 그들의 웃음소리와 자유로운 말투
속에서 나는 이유를 모르게 더 작아지는 기분이 들었다. 그 작은
교실 안에서 나는 어딘가 이질적이고 조금은 다른 시간에서 온
사람처럼 느껴졌다. 모두가 같은 언어와 리듬으로 이어져 있는데
나만 그 안에 발을 맞추지 못하는 듯했다.

무엇보다도 나를 긴장시킨 건 첫 시간의 '자기소개' 순간이었
다. 교수님의 시선이 내게 머무는 순간 아, 이제 내 차례구나; 하
는 생각이 들었다. 그와 동시에 모든 시선이 나에게 쏠렸다. 말
한마디가 교실의 공기를 흔들 정도로 고요한 분위기 속에서 한국
어로 나를 설명해야 한다는 생각에 온몸이 굳어졌다. 심장이 목구

멍까지 차올라 숨 쉬는 것을 잊었고 손끝의 핏줄이 차갑게 식어가는 것을 느꼈다. 그 순간 나는 언어라는 벽에 갇힌 채 도움을 요청할 수 없는 그림자 같았다. 그 짧은 몇 초가 몇 분처럼 느껴졌다. 그 순간 나는 '말을 하는 사람'이 아니라 '관찰하는 사람'으로 머물러 있었다.

서로 다른 나라에서 온 사람들; 한국인, 중국인, 아제르바이잔인, 그리고 나. 국적과 언어는 달랐지만 모두가 같은 주제에 대해 이야기하고 있었다. 그러나 나에게 이 교실은 단순한 학문적 공간이 아니었다. 이곳은 '새로운 관계 속에서 나 자신을 표현해야 하는 낯선 무대'였다.

* * *

교실 안은 늘 고요했다.

하얀 형광등 아래 책상들이 서로 맞닿아 네모난 형태로 놓여 있었다. 교수님은 그 정중앙에 앉아 있었고, 학생들은 그를 둘러싼 반원 속에 자리했다. 창문 너머로는 늦은 오후의 햇살이 희미하게 스며들었고 멀리서 자동차가 지나가는 소리가 간간이 들려왔다. 그 사이사이, 누군가의 볼펜이 움직이는 소리와 노트북 자판을 두드리는 소리가 잔잔하게 교실을 채웠다. 그 작은 소리들 사이에서 나는 묘하게 외로웠다.

나는 속으로 안심했다.

'토픽 6이라면 한국어 능력은 충분해, 이 정도는 문제없겠지.' 하지만 현실은 달랐다.

주변 사람들의 시선과 말, "너는 이미 잘하고 있으니까 걱정하지 마.", "너는 잘하잖아…" 같은 따뜻한 말조차 내게는 무거운 기대감으로 다가왔다. 그 말들은 겉으로는 격려처럼 들렸지만 내 안에서는 오히려 '틀리면 어떡하지', '발음이 이상하게 들리면 어떻게 될까'라는 생각과 함께 꼬리를 물었다. 다른 이들에게는 지극히 사소한 그 작은 실수들이 나에게는 잠을 깨우는 완벽주의자의 마인드이자, 나의 뼈까지 씹어 삼키려 달려드는 거대한 괴물의 숨소리였던 것이다.

높은 언어 능력에도 불구하고 사람들의 눈빛 하나하나, 조용한 미소, 작은 몸짓까지 내게는 판단과 기대의 압력으로 느껴졌다. 완벽하게 준비되어 있어도 내 안의 불안과 외부의 기대가 얽히며 나를 조이는 아이러니한 순간이었다. 마치 내 능력과 의지가 모두 시험대 위에 올려진 듯, 숨 한 번 쉬는 것조차 조심스러웠다. 그럼에도 불구하고 나는 떨리는 손끝과 목소리를 다잡고 말을 시작했다. 심장은 여전히 빠르게 뛰었지만 한 마디 한 마디를 내뱉으며 스스로를 조금씩 풀어내는 경험이었다. 이 순간, 내 안의 두려움과 현실적 능력 사이의 간극을 생생히 느끼면서 자기 이해가 얼마나 중요한지를 다시금 깨달았다.

서로 익숙한 웃음소리가 오갈 때마다 내 심장은 한 박자씩 더 빠르게 뛰었다. 교수님이 농담을 건네면 학생들이 자연스럽게 웃었고 나도 미소를 지으려 애썼다. 하지만 그 웃음은 조금 느리게 따라가는 메아리 같았다. '이 문장을 말하면 틀릴까?' '발음이 이상하게 들리면 어떡하지?' 이러한 생각들이 내 곁을 떠나지 않았다. 그 순간, 내 존재는 말하는 사람이 아니라 그저 공기를 읽는 사람이었다.

그날 수업에서 교수님은 밝은 미소로 물었다. "이번 학기에 연구 주제 정한 사람 있나요?" 차례대로 각자 돌아가며 이야기를 나누는 시간이었다. 교수님은 한 명 한 명의 이름을 부르며, 그 사람의 나라에 대한 짧은 이야기를 곁들였다. "중국의 ○○ 지역에는 이런 문화가 있다던데, 맞나요?" "아제르바이잔은 제가 사진으로만 봤는데 정말 아름답더라고요." 그의 따뜻한 말투는 교실을 천천히 풀어 주었다.

내 차례가 다가오자, 마음은 점점 무거워졌다.

머릿속의 한국어 단어들은 마치 차가운 방 안에 갇힌 듯, 하나하나 움직이지 않았다.

입술과 목소리는 내 의지와 상관없이 느리게 떨렸고, 손끝은 불안하게 꼼지락거렸다.

　내 차례가 다가올수록 단순한 긴장감 이상이 몰려왔다. 머릿속에는 하고 싶은 말이 수없이 떠올랐지만 그 모든 생각을 한국어 한 문장으로 압축해 표현할 수 없다는 무력감이 나를 짓눌렀다. 단어와 문법은 이미 알고 있지만, 내 안의 복잡한 사고와 감정을 단 한 줄의 말로 꿰맞출 수 없다는 사실은 마치 내 마음과 언어 사이에 깊은 간극이 놓여 있는 듯 느껴졌다. 나는 말하고 싶지만 동시에 내 생각은 나를 벗어나 자기만의 공간 속에 흩어져 있었다. 그 순간, 언어는 단순한 의사소통 수단이 아니라, 내 존재와 정체성을 담아내는 도구임을 뼈저리게 깨달았다.

　말 한 마디가 공허하게 느껴지고, 그 공허 속에서 나는 나 자신과 세계 사이의 미묘한 거리를 온몸으로 체감했다. 말하지 못함 속에서, 나의 생각과 감정은 소리 없는 철학적 대화가 되어 내 안에서만 조용히 울려 퍼졌다. 주변 사람들의 시선이 내게 모이자, 그 눈빛 하나하나가 작은 판단의 칼날처럼 느껴졌다.

　숨을 깊게 들이쉬어 보지만 가슴은 여전히 빠르게 뛰었고 머릿속은 말하려는 문장으로 가득 차면서도 단어 하나를 제대로 꺼낼 수 없었다. 시간은 마치 늘어난 것처럼 느껴졌고 몇 초의 침묵이 몇 분처럼 길게 이어졌다. 그럼에도 불구하고 나는 조심스럽게 입을 열었다.

"저는… K-pop 팬덤에 대한 연구를 해보고 싶어요. 아직 완전히 정한 건 아니지만, 제가 좋아하고 흥미를 느끼는 주제라서요." 목소리가 살짝 떨렸지만 교수님은 끝까지 귀 기울여 들어주었다.

나의 연구 주제인 K-pop 팬덤은 단순한 흥미를 넘어, 내가 교실 안에서 갈망하던 '연결'의 모델을 보여준다. K-pop 팬덤은 언어적 완벽함을 요구하지 않는다. 오히려 팬들은 각자의 모국어로 혹은 서툰 한국어와 영어의 조합으로 소통하며, 그 과정에서 발생하는 '언어적 실수'를 비판이 아닌 '문화 간 소통의 징표'로 껴안는다. 나는 팬덤이야말로 '언어의 벽'을 넘어 '취향과 감정의 공유'라는 수평적 공감대를 형성하는 21세기형 안전한 공동체라고 생각했다.

나는 교실 안에서 한국어라는 정교한 벽 앞에 서 있었다면 팬덤 안에서는 '불완전함이 허용되는 연대의 공간'을 보았다. 이는 내가 두려움 속에서 떨리는 목소리로 연구 주제를 발표했을 때 교수님과 반친구들이 나에게 보낸 비언어적 공감의 태도와 정확히 일치했다. 그들은 나의 서툰 표현이 아닌 그 안에 담긴 진심과 열정에 반응했다. 나의 연구 주제는 단순히 K-pop을 분석하는 것을 넘어 공감이 작동하는 가장 원초적이고 순수한 형태를 탐구하려는 나의 내면적 소망의 반영이었던 것이다.

교수님은 잠시 고개를 끄덕이며 부드럽게 웃었다.

"좋아요. 저도 처음에 유학 갔을 때, 뭘 연구해야 할지 정확히 몰라서 며칠 동안 노트만 보다가 아무 말도 못 했어요."

교수님은 자신이 해외에서 공부하며 겪었던 당황스러운 순간들을 솔직하게 들려주었다. 낯선 언어 속에서 어색하게 웃던 날들, 생각은 가득하지만 단어가 떠오르지 않아 답답했던 순간들, 연구 주제가 확실하지 않아 혼란스러웠던 날들.

"그런데 결국 내가 잘 아는 것, 내가 좋아하는 것부터 시작했어요. 그게 가장 좋은 출발점이에요."

그 말투에는 교훈보다 따뜻한 공감이 묻어 있었다. 그 순간 나는 놀라움을 느꼈다. 교수님 역시 나와 우리처럼 낯선 환경 속에서 겪었던 경험과 불안을 솔직하게 공유하고 있다는 사실이, 단순한 조언이나 위로가 아니라 같은 경험을 공유하는 동료로서의 공감임을 느끼게 했다. 나에게는 진심이 담긴 말 한마디가 그 어떤 것과도 비교할 수 없는 가장 거대한 힘이 된다.

바로 옆자리의 중국인 친구가 내 쪽을 향해 가볍게 웃었고, 반대편 아제르바이잔 학생은 조용히 고개를 끄덕였다. 아무도 큰 소리를 내지 않았지만 그 작은 비언어적 신호들은 내 마음 깊숙이 닿았다. 교수님과 친구들이 보여준 미묘한 표정과 작은 몸짓을 통해 나는 '나도 여기 속해 있을 수 있다'는 안전함과 따뜻함을 처음으로 느꼈다. 긴장으로 굳어 있던 어깨가 조금씩 풀리며, 마치 겨울 끝에 처음 맞는 따스한 햇살처럼 마음속에 온기가 퍼졌다. 언어가 완벽하지 않아도 그 작은 시선과 미소, 그리고 교수님과 친구들이 나와 같은 경험을 했다는 사실만으로도 서로를 이해할 수 있다는 것을 깨달았다. 그 짧은 순간의 공감은 나를 단순한 관찰자가 아니라, 교실 안에서 함께 숨 쉬고 있는 '참여자'로 만들어 주었다.

나는 처음으로 알았다. 공감이란 누군가를 완전히 이해하는 것이 아니라 잠시 그 사람 곁에 머물며 그의 마음을 느끼는 일임을. 그 깨달음 속에서, 낯선 공간과 언어 속에서도 따뜻함을 발견할 수 있다는 희망이 마음 한편에 자리 잡았다.

* * *

그날 이후, 교수님은 우리를 더 잘 이해하려 애썼다.

수업 전에는 늘 작은 과자나 커피를 가져와 "오늘은 조금 피곤하죠?"라며 웃으셨고 수업 중간에는 자신의 유학 시절 이야기를 더욱 들려주었다. 언어 실수로 생긴 소소한 에피소드, 논문 주제를 고를 때의 혼란 같은 이야기들. 그의 그런 태도는 '완벽한 교수'가 아니라, '함께 배우는 사람'으로 느껴지게 했다.

시간이 흐르면서 나도 천천히 변했다. 이제는 교수님이 묻기 전에 손을 들고 내 생각을 말했다. "저는 팬덤이 단순한 '팬들의 모임'이 아니라 사람들이 자기 자신을 표현하고 또 자신을 찾아가는 하나의 따뜻한 공동체라고 생각해요." 그 말을 할 때 더 이상 목소리가 떨리지 않았다. 나를 이해하고 들어주는 이들이 있기에 말들이 자연스럽게 입 밖으로 알아서 나오기 시작했다. 교수님은 고개를 끄덕이며 미소 지었다. "좋아요, 바로 그 지점이 연구의 시작이에요."

학기가 끝날 무렵 나는 더 이상 조용히 관찰하고 눈치 보는 학생이 아니었다. 대신 한국에서 배우고 살아가는 한 사람으로서 내 시선과 생각을 말할 수 있는 자신감 있는 사람이 되어 있었다. 처음엔 벽처럼 느껴졌던 언어와 문화의 차이가 이제는 서로를 이해하는 다리로 바뀌었다. 그리고 나는 다시 한번 확실하게 알았다; 진짜 '공감'이란 완벽한 이해가 아니라, 누군가의 두려움 옆에 조용히 머물러 주는 용기라는 것을. 공감이란 말도 행동도 아닌 느낌이란 것을.

나는 이 경험을 통해 공감이 단순히 상대방의 감정을 읽는 수동적인 능력이 아님을 깨달았다. 진정한 공감은 '자신의 취약성을 드러내는 능동적인 행위'이며 '다른 이의 고통 앞에 기꺼이 곁을 내어주는 용기'이다. 교수님이 자신의 서툰 유학 시절을 공유한 것은 권위의 벽을 허물고 인간적인 연대를 구축하려는 적극적인 시도였다. 마찬가지로 옆자리 친구의 미소는 나에게 '너는 혼자가 아니다'라는 가장 강력하고 윤리적인 메시지를 전달했다.

결국 공감은 '나와 너'라는 이분법적 구도를 허물고 '우리'라는 더 넓은 공동체를 구성하는 가장 근본적인 사회적 힘이었다.

팬덤이 사람들에게 자신을 표현할 수 있는 안전한 공간이 되듯 그 수업 역시 나에게 '말할 수 있는 공간'이 되어 주었다. 이 경험은 나만의 이야기가 아니다. 누구나 낯선 공간에서 자신을 드러내고 작은 배려와 시선으로 따뜻함을 느낄 수 있다. 공감은 단순한 이해가 아니라 서로를 살아 숨 쉬게 만드는 힘이다.

창문 너머 햇살, 교실 속 조용한 웃음, 손끝으로 느껴지는 따뜻함; 그 모든 것이 나를 지금의 나로 만들어 주었다. 그리고 나는 그날 이후로, '공감'이라는 단어를 더 이상 '이해'가 아닌 '말 없는 언어'로 기억하게 되었다. 공감은 말이 아니라, 마음으로 전해지는 언어다.

달리아(Dahlia)
튀르키예에서 한국어문학을 공부한 뒤, 지금은 숙명여자대학교에서 커뮤니케이션과 미디어 분야의 석사 과정을 밟고 있습니다. 두 나라 사이를 오가며 언어와 감정이 미묘하게 어긋나는 순간들을 자주 마주했고 그 틈에서 생겨나는 작은 떨림과 질문들을 오래 바라보게 되었습니다. 글쓰기는 그런 흔들림을 잃지 않고 붙잡아 두는 창이자 낯선 공간에서도 나를 잃지 않게 해 주는 은은한 숨결 같은 존재입니다.

저는 사람들이 서로를 이해하기 위해 내미는 아주 작은 손짓들에 마음이 머뭅니다 — 서툰 발음 뒤에 숨은 용기, 조용한 미소가 건네는 온기, 다름이 벽이 아니라 다리가 되는 순간들… 앞으로도 일상 속에서 스쳐 지나가는 감정의 결을 놓치지 않고 서로의 다름이 더 넓은 공감으로 이어질 수 있는 이야기를 꾸준히 써 내려가고 싶습니다.

조용한 통역, 벨이 울리기 전의 순간들
버스 하차벨 앞에서 배우는 공감의 언어

퇴근길 버스 안은 비에 젖은 우산 냄새로 눅눅해진다. 빗방울이 창문을 긁으며 길게 흘러내리고, 바닥에는 회색 물기가 얇은 막처럼 깔린다. 안내 방송은 확성기를 통과해 찢어진 음표처럼 들리고, 사람들의 목소리는 그 위에 낮은 웅얼거림으로 겹친다. 나는 손잡이를 잡은 손에 무게를 싣고, 다음 정류장 표시등이 켜지는지 습관처럼 확인한다. 마음은 늘 시간표의 칸을 향해 달려가는데, 그 달리기가 때로는 사람의 속도를 잊게 만든다는 걸, 이날의 일은 나에게 보여 주었다.

내 앞에 서 있던 중년의 남성은 창밖을 여러 번 훑어보았다. 창틀에 맺힌 물방울이 도로의 불빛을 쪼개 놓았고, 그 조각들 사이로 남성의 얼굴선이 잠깐씩 깨어났다. 귓불에서 번뜩이는 얇은 금속이 눈에 들어왔다. 보청기였다. 남성은 기사석 쪽을 향해 고개를 기울였다가, 무언가를 확인하지 못한 듯 다시 자리로 돌아와 발끝으로 바닥을 두드렸다. 그 리듬은 불안의 모스 부호 같았다.

버스는 신호를 지나 더 빠르게 밀려 나갔다. 차창의 물결이 뒤로 달아나며 도시의 윤곽을 흐리게 만들었다. 그 순간, 뒤쪽에서 낮은 한숨이 터졌다. "또 놓친 거 아냐?"라는 말이 아주 조용하게 공기를 긁었다. 말의 볼륨은 작았지만, 그 얇은 칼날은 남성의 뒷모습과 내 양심 사이를 깔끔하게 가르고 지나갔다. 나는 눈을 내리깔고 있었다.

남성은 조심스럽게 버스 앞쪽으로 다가갔다. 마스크 너머로 뭔가를 물었고, 기사 역시 마스크 너머로 대답을 했다. 그러나 양쪽의 말은 중간 지점에서 흩어졌다. 엔진음, 빗소리, 안내방송, 사람들의 통화가 한꺼번에 합쳐지면 문장이 성립하기 어렵다. 소리라는 것이 언제나 소통을 보장해주지 않는다는 사실을, 우리는 버스 안에서 자주 잊는다. 남성은 대답을 들은 듯, 혹은 듣지 못한 듯 고개를 끄덕이며 뒷걸음질 쳤다.

버스는 다음 정류장을 휙 지나쳤다. 전광판의 이름들이 빠르게 바뀌고, 차체가 쿵 하고 요철을 넘을 때마다 사람들의 몸도 함께 튕겨 올랐다. 나는 손잡이를 더 세게 움켜쥐었다. 내 손바닥에서 땀이 배어 나왔다. 뒤에서 또 다른 목소리가 흘렀다. "하차벨 누르면 되지, 왜 저래." 그 말은 사실의 형태를 하고 있었지만, 사실만으로는 설명되지 않는 감정의 껍질을 두르고 있었다. '왜 저래'라는 말은 늘 상대의 세계를 모른다는 선언처럼 들린다.

나는 주머니에서 휴대폰을 꺼냈다. 화면에 새하얀 메모장을 띄우고, 천천히 네 글자를 적었다. '어디서 내리세요?' 글자를 조금 더 크게 키우고, 남성이 볼 수 있도록 화면을 앞으로 내밀었다. 이 단순한 동작이 사실 얼마나 많은 침묵과 주저를 뚫고 나오는 것인지, 당시의 나는 몰랐다. 손이 약간 떨렸다. 남성은 잠시 멈칫하더니, 눈을 가늘게 떠 화면을 읽었다. 그리고 화면 아래쪽에 손가락을 가져가 '가락시장'이라는 글자를 톡톡 두 번 두드렸다.

나는 고개를 크게 끄덕였다. 노선도를 확인해 다음 정류장과 그다음을 계산했다. 하차벨을 누르기까지 남은 시간은 길지 않았다. 앞쪽 좌석에 앉아 있던 학생이 눈치를 채고 자리에서 일어났다. 남성이 앞으로 나아갈 작은 통로가 생겼다. 다른 승객이 앞문 쪽에서 기사에게 손짓으로 '다음에 내려요'라는 뜻을 전했다. 우리는 서로의 말이 되었다. 말은 입에서만 나오지 않는다는 사실을, 그때 모두가 알았다.

정류장 이름이 전광판에 떠오를 때쯤, 나는 하차벨을 눌렀다. 빨간 불빛이 깜박이며 울렸다. 전자음이 버스 안에 동그란 파문을 만들었다. 기사석 위의 작은 거울 속에서 기사님의 눈빛이 잠깐 우리 쪽으로 향했다. 버스는 부드럽게 감속했고, 우리가 목표로 했던 정류장 앞에서 정확히 멈췄다. 문이 열리는 순간, 바깥의 비 냄새와 젖은 아스팔트의 냄새가 한꺼번에 밀려 들어왔다.

남성은 내 쪽을 바라보며 아주 작은 인사를 했다. 눈썹이 부드럽게 내려앉았고, 눈가에 잔주름이 꽃잎처럼 접혔다. 그는 입모양으로 '고맙습니다'라는 말을 만들었다. 소리는 들리지 않았지만, 그 무성의 문장은 오히려 또렷했다. 나는 고개를 가볍게 숙였다. 그가 내려가는 동안, 앞문 쪽에 서 있던 학생이 한 발짝 더 물러섰다. 서로에게 내어주는 폭만큼 길은 넓어졌다. 문이 닫히고 버스가 다시 움직일 때, 차 안의 공기가 눈에 보이게 바뀌었다. 같은 사람들, 같은 소음, 같은 비였지만 무언가가 정리된 듯했다. 뒤에서 낮은 목소리로 "잘했다"는 말이 스쳐 지나갔고, 누군가는 조용히 박수를 두 번 쳤다. 내가 한 일은 하차벨을 대신 눌러준 것뿐이었다. 하지만 그 벨은 누군가에게는 목적지였고, 또 다른 누군가에게는 오늘의 수업이었다.

그날 이후로 나는 버스에 탈 때마다 작은 점검표를 마음속에 펼친다. 안내 방송이 들리지 않는 사람은 없는지, 전광판 글씨가 흐릿하게 보이는 사람은 없는지, 아이 손을 잡느라 하차벨에 닿기 어려운 보호자는 없는지. 서로의 약점을 찾아내어 낙인찍자는 뜻이 아니라, 서로의 결핍을 함께 메울 수 있는 순간을 놓치지 않겠다는 다짐이다. 약점은 때로 공동의 기능이 될 수 있다.

공감은 거창한 덕목의 이름으로만 존재하지 않는다. 공감은 타이밍일 때가 많다. 하차벨은 다음 정류장에서만 유효하다. 지금이 아니면 의미를 잃는 신호가 세상에는 많다. 누군가의 도움 요청도, 누군가의 불편도, 누군가의 두려움도 그렇다. 우리는 종종 '나중에'라는 말에 자신을 맡기지만, 버스 안의 시간은 그런 유예를 허락하지 않는다. 공감이 유효하려면, 지금이라는 정류장에 정차해야 한다. 한편으로 나는 그날 버스 안에서 들려온 속삭임들의 표정을 오래 생각했다. "왜 저래." "하차벨 누르면 되지." "또 놓친 거야?" 이 말들은 모두 설명의 형식을 갖추고 있었지만, 설명이 아닌 심판으로 작동했다. 설명은 닫힌 마음을 열기 위한 열쇠의 모양이어야 한다. 그러나 심판은 달라 보이는 사람들을 박제해 벽에 걸어 놓는다. 우리는 실수로 너무 쉽게 심판의 언어를 고른다.

소음이 많을수록 말은 쉽게 깨진다. 마스크와 엔진음과 빗소리가 한꺼번에 덮치면, 분명한 문장도 돌부리처럼 흩어진다. 나는 그날, 소리가 많을수록 소통이 막힌다는 역설을 배웠다. 말이 막힐 때 필요한 것은 더 큰 소리가 아니라, 더 분명한 표지판이다. 휴대폰 화면에 적은 네 글자의 문장이 그 역할을 대신했다. 텍스트는 음량을 필요로 하지 않는다. 글자는 조용하지만, 눈은 글자를 크게 듣는다.

　도시의 교통은 언제나 속도의 윤리로 움직인다. 제때에, 빠르게, 지연 없이. 그러나 인간의 감각은 같은 속도로 움직이지 않는다. 청각은 때로 늦고, 시각은 때로 흐리다. 균일하지 않은 감각들 사이에서 우리가 맺는 사회적 계약은 무엇일까. 빠름을 우선하는 계약을 체결할수록, 우리는 느린 사람을 벌칙으로 만든다. 버스 하차벨 앞에서 나는, 속도의 윤리 위에 '기다림의 윤리'를 덧대야 한다고 생각했다.

　기다림의 윤리는 누구를 미화하지 않는다. 누구를 무조건적으로 위로하지도 않는다. 기다림은 거래가 아니다. 기다림은 나의 시간을 조금 내어주는 일이고, 그 시간 안에서 타인의 시간이 단단해지도록 돕는 일이다. 누군가가 자신에게 허락된 속도로 움직일 수 있도록, 나의 발걸음을 반 박자 늦추는 선택이다. 그 선택이 나의 하루를 무너뜨리지는 않는다. 오히려 하루를 정리해준다.

　그날 버스 안의 작은 연대는 계획된 일이 아니었다. 나는 메모장을 열었고, 학생은 자리를 비켜주었고, 누군가는 기사에게 손짓을 건넸다. 각자의 행동은 사전에 약속된 것도, 서로를 잘 알아서 나온 것도 아니었다. 그러나 우리는 한 장면에서 같은 방향으로 움직였다. '서로의 벨'이 되었다는 말은 비유지만, 동시에 사실이었다. 누군가의 하차를 알려 주는 신호가 되어 주는 일. 그것이 우리에게 가능하다는 것을 그날 알았다.

　나는 그날의 일을 오래 이야기하고 싶지 않다. 칭찬받을 일도 아니고, 훈계의 재료로 삼고 싶지도 않다. 다만 그날 이후로 버스 안에서 내가 좀 더 잘 듣는 사람이 되었음을 말하고 싶다. 안내 방송이 아니라, 사람의 기척을 듣는 일. 전광판의 글자가 아니라, 옆 사람의 두려움을 읽는 일. '왜 저래'라는 짧은 문장을 삼키는 일. 그리고 대신, '무엇이 필요한지' 묻는 일.

　모든 도움은 실패할 수 있다. 내가 내민 화면이 오해를 불러올 수도 있었다. 누군가는 간섭이라 느꼈을 수도 있다. 도움을 주려다 더 큰 문제를 만든 경험도 있다. 그러나 실패의 가능성은 시도의 가치를 지우지 않는다. 잘못을 인정하고 수정하는 일 또한 소통의 일부다. 중요한 것은, 심판보다 질문이 먼저 나오게 하는 마음의 순서다. 버스가 다리를 건널 때, 창밖의 강은 비를 머금고 더 넓어 보였다. 물결의 회색과 가로등의 노란빛이 서로 뒤섞였다. 나는 잠깐 생각했다. 우리가 타고 있는 이 거대한 차체도 사실은 질문으로 움직이는 것이 아닐까. 다음은 어디인가, 지금 속도는 적절한가, 누구를 먼저 내릴 것인가. 질문이 이어지는 동안 버스는 멈추고, 사람들은 내리고, 또 탄다. 도시는 질문과 답변의 반복으로 밤을 지나간다.

이따금 나는 버스 뒷좌석에 앉아 상상한다. 만약 하차벨이 고장난 날이라면, 우리는 어떻게 서로에게 신호를 보낼까. 창문을 두드리는 손가락, 전광판을 가리키는 시선, 기사에게 건네는 손짓, '다음 정류장'이라는 단어가 적힌 종이 한 장. 기술은 편리하지만, 인간의 몸은 더 오랫동안 연습되어 왔다. 손짓과 눈빛의 기술은 전원이 꺼져도 작동한다. 도움은 때로 나를 불편하게 만든다. 손잡이를 놓아야 하고, 자리를 비켜야 하고, 목적지 계산을 도와야 한다. 그러나 그 불편은 짧고, 그 대가로 돌아오는 감정은 길다. 누군가가 안심하고 내리는 모습을 보는 일은 생각보다 큰 평온을 준다. 그 평온은 타인에게 친절했다는 자기만족이 아니라, 내가 사는 도시가 아직 움직이고 있음을 확인하는 기쁨이다.

'하차벨을 대신 눌러줬다'는 말은 사소해 보인다. 하지만 사소함이 언제나 작은 것은 아니다. 사소함은 규모의 문제가 아니라, 반복의 문제다. 사소한 친절이 반복될 때, 도시는 성격을 바꾼다. 무심한 도시에서, 약간 느린 도시로. 서로를 닦달하던 도시에서, 서로의 속도를 맞추는 도시로. 변화는 구호가 아니라 습관으로 시작한다.

나는 종종 스스로에게 묻는다. 오늘 나는 누구의 벨이 되었는가. 오늘 나는 누구의 신호를 놓쳤는가. 부끄러운 날이 많다. 목적지 계산이 복잡해 보이는 사람을 보고도 주저한 날, 눈을 피한

날, 아예 딴청을 부린 날. 그런 날에도 질문을 포기하지 않으려 한다. 질문은 내일의 행동을 조금 바꾸어 놓는다.

버스에서 내려 집으로 돌아가는 골목은 조용했다. 빗방울은 여전히 귓불을 건드렸다. 현관문을 열고 들어와 우산을 세워두며 생각했다. 우리가 사는 모든 공간에는 보이지 않는 하차벨이 많다는 것을. 학교와 회사와 병원과 동사무소와 시장과 공원, 어디에나 누르고 싶은 신호가 있다. 누군가에게는 너무 높이 달린, 그래서 닿지 않는 벨이 있다. 그 벨을 대신 눌러줄 사람을, 우리는 서로에게서 기다린다.

다음 날, 나는 일부러 한 칸 뒤의 버스를 탔다. 서둘러 가도 되는 날이었지만, 천천히 가도 되는 날이기도 했다. 천천히 간다는 것은 불필요한 지체가 아니라, 여유를 예산에 포함시키는 일이다. 여유는 돈처럼 쓰인다. 내가 가진 여유를 조금 덜어 다른 사람의 하루에 보탤 수 있다면, 그날은 흑자다.

언젠가 한 아이가 엄마에게 물었다. "왜 저 아저씨는 벨을 못 눌러?" 엄마는 대답했다. "못 누르는 게 아니라, 누를 수 있는 타이밍이 우리와 달라." 그 대답이 나는 좋았다. 타이밍의 차이라고 말해주는 언어. 아이는 그날 이후로 하차벨 근처에 서면 주변을 한 번 둘러보는 습관이 생겼다. 습관의 시작은 문장 한 줄일 때가 많다.

기사님의 난처한 표정 역시 기억에 남는다. 그도 사람들 사이에서 균형을 잡아야 한다. 급한 사람과 불편한 사람, 규정과 예외, 안전과 배려 사이. 그가 거울로 자주 뒤를 살피는 이유를, 그날 조금은 알게 되었다. 버스 안의 민주주의는 기사 혼자 만들 수 없다. 승객이 만들어야 한다. "다음에 내려요"라는 손짓은 기사에게도 안심이 된다.

나는 종종 메모장 첫 줄을 빈 칸으로 남겨 둔다. 무엇을 적을지 미리 정하지 않기 위해서다. 빈 칸은 질문의 자리다. '어디서 내리세요?'라는 문장은 이날의 빈 칸을 채운 말이었다. 내일은 다른 문장이 필요할지도 모른다. '괜찮으세요?' '도와드려요?' '잠시만요, 자리를 만들게요.' 문장들은 서로를 불러낸다.

버스가 언덕을 오를 때, 창문에 맺힌 물방울이 아래로 길게 미끄러졌다. 그 움직임이 마치 악보의 음표처럼 보였다. 도시의 리듬은 생각보다 다양하다. 어떤 사람은 빠른 템포로, 어떤 사람은 느린 템포로 하루를 연주한다. 공공의 공간은 그 서로 다른 연주를 한 곡으로 묶어내는 합주장이어야 한다. 지휘자는 없다. 각자가 서로의 호흡을 듣는 것만으로도 합주는 가능하다.

언제부터인지 우리는 '정상'을 너무 좁게 정의해 왔다. '정상 속도', '정상 청력', '정상 시력'. 정상이라는 말은 편리하지만, 실제의 인간을 가둔다. 정상의 궤도에서 조금만 벗어나도 사람은 즉시 '예외'가 된다. 예외는 곧 낙인의 입구다. 나는 정상 대신 '다양'을 쓰고 싶다. 다양한 속도, 다양한 감각, 다양한 필요. 그 단어는 문을 연다.

하차벨은 누군가의 도착을 보장하는 최소한의 장치다. 그러나 장치만으로는 충분하지 않다. 장치를 둘러싼 태도가 장치를 완성한다. 버튼 하나가 제 역할을 하기까지는, 그 버튼을 둘러싼 사람들이 서로의 시간을 인정하는 과정이 필요하다. 그 과정이 익숙해질수록, 하차벨은 더 정확하게 울린다.

나는 그날 이후로, 버스 안에서 자주 눈을 들어 주변을 본다. 화면 속 뉴스 대신, 나와 같은 공간을 통과하는 사람들의 표정을 본다. 피곤한 표정, 분주한 손, 떨리는 무릎, 숨을 고르는 어깨. 그 표정들 사이에서 나의 속도를 조절한다. 한 사람의 안부가 내 목적지에 도착하는 시간을 크게 바꾸지는 않는다. 하지만 내 목적지에 도착했을 때의 나를 바꾼다.

도시에서 공감은 종종 사치처럼 취급된다. "바빠 죽겠는데 무슨 공감이야." 그러나 공감은 시간을 늘어지게 만드는 것이 아니라, 시간을 정돈한다. 공감의 행동이 개입하면, 불필요한 소란이 줄어든다. 설명이 명료해지고, 오해가 줄고, 움직임이 매끄러워진다. 그 매끄러움은 모두의 시간을 절약한다. 공감은 오래 걸리는 친절이 아니라, 길을 잘 찾는 지혜다.

그날 버스에서 내가 배운 것은, 도움을 주는 사람도 도움을 받는 사람도 결국 같은 승객이라는 사실이다. 우리는 같은 노선 위를 달린다. 어떤 날은 내가 먼저 내리고, 어떤 날은 다른 사람이 먼저 내린다. 우선순위는 상황에 따라 바뀐다. 그 변화에 맞춰 서로의 자리를 조금씩 조정하는 일 — 그것이 공동체의 기술이다.

문득, '벨이 울리기 전의 순간'이야말로 우리가 가장 많은 것을 배울 수 있는 때라는 생각이 든다. 아직 도착하지 않았고, 아직 문이 열리지 않았고, 아직 누구도 내리지 않은 시간. 그 잠깐의 멈춤에서 우리는 방향을 확인하고, 서로를 바라보고, 마음을 정한다. 준비된 사람만이 아닌, 준비되지 못한 사람도 함께 내릴 수 있게 하는 준비. 그 준비가 사회의 품위를 결정한다.

어느 겨울 저녁, 비 대신 눈이 왔다. 버스 안의 공기가 조금 더 맑아 보였다. 스피커에서 흘러나오는 안내 방송이 유난히 또렷했다. 나는 하차벨 근처에서 있었다. 문득 뒤에서 어깨를 톡톡 치는 손길이 느껴졌다. 돌아보니, 낯익은 중년의 남성이 미소를 띠고 있었다. 그는 입모양으로 인사했다. 고개를 숙여 답했다. 그 순간, 벨이 울렸다. 아마 내가 누르지 않았더라도, 누군가는 눌렀을 것이다.

도시가 믿음을 잃지 않는 이유는, 누군가가 언제나 하차벨을 눌러주기 때문이다. 나는 그 믿음 속에서 살고 싶다. 오늘도 버스

에 오른다. 손잡이를 잡고, 창밖의 물기를 바라보고, 마음속 점검
표를 펼친다. 그리고 나 자신에게 조용히 말한다. 오늘, 우리는
서로의 벨이 되자.

빗속의 고양이 발자국

인생의 우레는 때로 하늘에서 울부짖지 않습니다. 고요하게 한 사람의 등허리를 내리치는 경우도 있죠.

스무 살의 린위안에게 그 우레는 예고 없이 찾아온 교통사고였습니다. 그 사고는 그가 스포츠특기생으로서 품었던 모든 미래를 무자비하게 짓밟았고, 트랙 위에서 치타처럼 날렵하던, 속도와 힘을 생명처럼 여기던 그의 모습을, 영혼까지 가둔 차가운 휠체어에 묶어버렸습니다. 진단서에 적힌 말들은 마독 든 얼음송곳처럼, 한 마디 한 마디가 그를 운명의 치욕주에 단단히 매어버렸습니다.

"척수 손상, 하반신 영구 마비."

한때, 이 다리는 트랙 위의 미세한 이질감까지 느낄 수 있었고, 상대방이 따라잡을 수 없을 만큼의 힘을 폭발시킬 수 있었으며, 그가 농구의 백보드를 닿을 수 있게 해주어 마치 하늘을 만지는 듯한 느낌까지 주었습니다. 하지만 이제, 이 다리는 무겁게 축 늘어난, 그의 뇌와 완전히 연결이 끊긴 낯선 신체 부위가 되어버렸습니다. 휠체어 양옆에 축 늘어져 다른 사람이 힘들여 옮겨야 하는, 쓸모없는 짐이 되어버린 겁니다. 피부에 촉감은 여전히 남아 있고, 가끔 개미가 기어다니는 것 같은 환각 통증이 느껴지기도 하지만, 온전한 의지력을 다해 "움직여라"라고 명령할 때마다 돌아오는 것은 의식이 끝없는 어둠 속으로 가라앉는 죽음 같은 고요함, 그리고 척수가 끊어진 곳에서부터 퍼져 나오는 공허한 무감각함뿐입니다. 이런 뇌와 몸의 일부가 '연결 끊김' 상태가 된 것은 순수한 고통보다 더 극심한 절망을 안겨줍니다.

세상은 빠르게 색을 잃고, 15제곱미터도 채 안 되는 이 침실 속으로 움츠러들었습니다. 공기 중에는 항상 소독약 냄새, 약 연고 냄새, 그리고 장기간 누워 지내며 생긴 무덤덤한 내음이 맴돌았습니다. 창밖의 모든 소리 — 아이들의 떠들썩한 놀이 소리, 자동차 경적 소리, 심지어 바람이 나뭇잎을 스치는 스산한 소리까지 — 는 모두 그가 잃어버린 자유에 대한 날카로운 조롱처럼 느껴졌습니다.

신체의 구속보다 더 차가웠던 것은 쉽게 변하는 사람들의 마음이었습니다. 한때 그가 우승했을 때 환호하며 그의 품에 안겼던 그 여자아이는 그의 병상 앞에서 몇 번 울었습니다. 눈물은 마치 끊어진 구슬처럼 떨어졌지만, 현실이라는 단단한 얼음을 뚫지는 못했습니다. 그녀가 남기고 간 이별의 말은 마치 精心히 리허설을 한 것처럼, 에두르면서도 한마디 한마디가 날카롭게 찔러왔습니다. "린위안, 그… 우리 부모님이 반대하셔… 앞으로 갈 길이 너무 힘들다고, 나… 그렇게 이기적일 수는 없다고… 우리… 이만 헤어지자."

그는 창밖의 잿빛 하늘을 바라보며 분노조차 느끼지 못했습니다. 오직 말로 할 수 없는 부조리함과 얼음 같은 냉기만이 뼛속까지 스며들었습니다. 알고 보니, 그의 지난날의 햇살 같았던 활력, 트랙 위에서 폭발하던 생명력이 그녀를 끌어당기는 전부였던 것입니다. 그 빛나는 것들이 꺼져버리자, 휠체어에 갇힌 이 껍데기인 그 자신은 아무런 가치도 없는, 쉽게 버려질 수 있는 부담이 되어버린 겁니다.

그의 세상에는 이제 어머니의, 나날이 더 붉어지고 가는 혈사가 서린, 하지만 항상 억지로 웃음을 짓는 그 눈빛만이 남았습니다. 어머니는 스무 년 넘게 다니던 안정된 직장을 그만두고, 그의 전천후이자 침묵의 수호자가 되었습니다. 어머니는 매우 조심스럽게 그의 모든 것을 돌봤습니다, 마치 아주 쉽게 부서질 수 있는 소중한 도자기처럼 말입니다.

매일 아침은 힘든 '이동'으로 시작되었습니다. 어머니는 먼저 힘들게 그의 몸을 돌려 눕히고, 기본적인 위생 처리를 해야 했습니다. 그런 다음, 이미 더 이상 반듯하지 않은 허리를 굽히고, 전신의 힘을 다해 두 팔로 그의 겨드랑이를 감싸 안아, 마치 포옹하는 듯하면서도 무척 힘든 자세로, 그를 침대에서 '뽑아' 올려야 했습니다. 그리고는 비틀거리며 몸을 돌려 침대 옆에 놓인 휠체어에 그를 앉혔습니다. 이 과정은 어색함과 무력감으로 가득했습니다. 린위안은 어머니가 힘에 겨워 가쁘게 숨 쉬는 소리를 선명하게 들을 수 있었고, 그녀의 팔이 떨리는 것을 느낄 수 있었으며, 그녀의 이마에 맺힌 잔뜩의 땀방울을 볼 수 있었습니다. 그는 이런 완전한 의존이 싫었고, 자신이 어머니의 무거운 짐이 되어버린다는 느낌이 싫었습니다. 매번 '옮겨질' 때마다, 그것은 그에게 스스로가 '쓸모없는 사람'이라는 사실을 다시 일깨워주는 것만 같았습니다.

식사는 이제 극복해야 할 장애물이 되었습니다. 식탁의 높이는 휠체어에 맞춰지기엔 항상 어색하게 느껴졌습니다. 그는 몸을 힘겹게 앞으로 숙이고 팔을 쭉 뻗어야만 간신히 그릇에 닿을 수 있었습니다. 뜨거운 국물은 쉽게 쏟아졌고, 밥알은 그의 감각 없이 무뎌진 다리 위로 떨어졌습니다. 어머니가 발견하고 나서야 조용히 닦아 낼 수 있었죠. 한때 풀업을 가볍게 해낼 수 있었던 그의 팔도, 이제는 밥 한 그릇을 흔들리지 않게 든다는 것조차 버거워졌습니다.

화장실의 문턱은 마치 천혜의 난관 같았습니다. 어머니가 먼저 휠체어를 문 앞까지 밀어준 뒤, 그녀가 안으로 들어가 변기 뚜껑을 내리고 다시 돌아와, 그를 휠체어에서 변기로 '옮기는' 과정을 또 한 번 반복해야 했습니다. 그 좁은 공간에서는 몸을 돌리는 것조차 힘들었습니다. 그는 매번 눈을 꼭 감았습니다. 어머니의 힘에 겨워 붉어지는 얼굴을 보기 싫었고, 공기 중에 퍼지는 숨막히는 듯한 곤란함을 느끼고 싶지 않았습니다. 샤워는 더욱 거대한 '프로젝트'였습니다. 어머니는 모든 것을 미리 준비하고, 그를 특수 제작된 목욕의자로 옮긴 뒤, 물 온도를 맞추고 한 뼘 한 뼘 조심스럽게 그의 몸을 닦아주어야 했습니다. 자욱한 수증기 속, 그는 어머니의 관자놀이에 맺힌 것이 땀인지 수증기인지 모를 물방울을, 그리고 지치고도 집중한 어머니의 측면 얼굴을 바라보며, 수치심, 죄책감, 그리고 거대한 무력감이 섞인 감정에 완전히 잠식당했습니다.

그는 분노, 자기연민, 절망으로 構築된 요새에 갇힌 상태였습니다. 그는 자신의 모든 고통과 원한을 가장 가까운 어머니에게 쏟아냈습니다. 그는 감각 없이 무딘 자신의 다리를 마구 내리쳤습니다. 주먹이 떨어지며 내는 둔탁한 '퍽퍽' 소리는, 물에 젖은 썩은 나무를 두드리는 것 같았습니다. 고통은 오직 그의 손뼈에만 존재할 뿐, 그 침묵하는 신경 말단에는 도달하지 못했습니다.

"꺼져! 다 꺼져! 나 좀 내버려둬!"

그는 어머니를 향해 소리치며, 컵을 바닥에 내던졌습니다. 사방으로 흩뿌려진 유리 조각에는 어머니의 순간 하얗게 질린 얼굴과 당황하며 몸을 움츠리는 모습이 비쳤습니다. 분노를 터트린 뒤에는 더 깊은 공허함만이 남았습니다. 그는 어머니가 조용히 몸을 굽히고, 등을 구부린 채, 조각조각 유리 파편을 줍는 모습을 보았습니다. 어머니의 어깨는 살짝 떨리고 있었지만, 그는 울음소리조차 내지 못했습니다. 그 순간, 그는 자신이, 그리고 자신을 악마로 만든 이 빌어먹을 운명이 너무나도 증오스러웠습니다.

어머니는 끈질긴 덩굴과 같았습니다, 쓰러져 가는 마른 나무와도 같은 그를 감싸 안으려 하며. 그녀는 끊임없이 그를 밖으로 데리고 나가 산책시키려 했습니다. 밖의 햇살도 보고, 사람들의 소리도 들려주려고 말이죠.

"아远, 아래층에 복사꽃이 피었는데, 한번 보러 가지 않을래?"

"오늘 날씨 좋은데, 밖에 데리고 나가 햇볕 좀 쐬게 해주자. 몸에 좋아."

그녀의 목소리에는 항상 조심스러운 試探과 알아채기 어려운 기대가 섞여 있었습니다. 린위안은 항상 뒤통수로 그녀를 대답했고, 침묵 혹은 더 격한 고함으로 거절했습니다. 그는 밖에 있는 那些 시선들 — 호기심 어린, 동정 어린, 심지어 무의식적인 연민까지 — 을 두려워했습니다. 그 모든 시선들은 마치 스포트라이트처럼, 휠체어 위 그의 불완전함을 숨길 곳 없이 비춰냈고, 그는 마치 바늘 방위에 앉은 기분이 들게 했습니다.

어머니가 거의 애원하듯, 목소리엔 끊어질 듯한 떨림과 눈에 보일 정도로 가득 찬 피로가 묻어나던 그날까지도 상황은 바뀌지 않았습니다. "아远, 잠시만, 아래 공원에 한 바퀴만 돌자, 안 되겠니? 엄마가 부탁하는 거다… 엄마도 이제는 더는 버티기 힘들어…"

아마도 어머니 눈가에 가득 차 넘칠 것 같은 그 깊은 슬픔이, 그에게 남아있던 마지막 한 조각의 연민을 건드렸던 걸지도 모릅니다. 아니면 그 자신이 끝없는, 가장 가까운 사람을 상처 주는 자기 학대에 진저리가 난 것일 수도 있습니다. 그는 극도로 마지못해, 거의 알아챌 수 없을 만큼 가볍게 고개를 끄덕였습니다.

그날은 잿빛 하늘이 짙게 내려앉은 음침한 오후였습니다. 마치 그의 마음처럼요. 어머니 얼굴에 안도의 빛이 스치더니, 서둘러 그에게 외투를 걸쳐 주고는 힘겹게 휠체어를 밀며, 그를 몇 달째 가둬 두었던 집 문 밖으로 데리고 나왔습니다.

주택 출입구에 놓인, 겨우 세 개의 낮은 계단이 외출의 첫 번째 도전이 되었습니다. 어머니는 휠체어 앞부분을 들어 올려 위치를 잡은 다음, 힘껏 뒷바퀴를 아래로 내려 밀어야 했습니다. 매번의

덜커덩거림은 린위안의 마음을 공중에 붕 띄웠다가 다시 추락하게 만들었습니다. 그는 휠체어 팔걸이를 꽉 움켜쥐었고, 손가락 마디가 하얗게 일었습니다.

오랜만에 마신 야외 공기는 흙과 풀내음을 머금고 그의 코를 스쳤지만, 그의 가슴 한가운데 맺힌 답답함을 떨쳐 버리기엔 역부족이었습니다. 공원의 풍경은 그에게 또 다른 형태의 고문이었습니다. 그는 뛰어다니며 재잘거리는, 맑은 웃음소리를 내는 아이들을, 팔짱을 끼고 가벼운 걸음으로 걸어가는 연인들을, 심지어는 지팡이에 의지하지만 여전히 천천히 걸어가는 노인들을 보았습니다… 그들 모두는 그가 영원히 잃어버린 것 — 두 발로 땅을 딛는 자유 — 을 가지고 있었습니다. 무심코 그를 스치는 시선 하나하나가, 그 본의와는 상관없이, 그의 예민한 마음속에서는 자동적으로 그의 처지를 살피고 평가하는 눈빛으로 바뀌었습니다. 그는 자신이 이질적인 존재처럼, 정상적이고 유동적인 세상 앞에 발가벗겨진 채 드러난 것 같았습니다. 그는 깊숙이 고개를 숙였고, 후회가 덩굴처럼 휘감아 올라와, 그냥 즉시 절망적이지만 최소한 숨을 수 있는 그 감옥으로 돌아가고 싶어졌습니다.

"엄마, 돌아가." 그는 딱딱하게, 불편한 기색을 억누른 목소리로 말했습니다.

바로 그때, 하늘마저 그의 불편함을 느꼈는지, 예고 없이 억수 같은 비를 쏟아부었습니다. 차갑고 빽빽한 빗방울은 순간 그들의 옷을 흠뻑 적셨습니다. 어머니는 비명을 지르며 당황해 그를 피할 곳으로 밀기 시작했습니다. 휠체어 바퀴는 미끄러운 돌길 위에서 자꾸만 미끄러졌고, 움직임은 더욱 힘들어졌습니다. 빗물은 린위안의 머리카락을 타고 목덜미로 흘러 들어와 얼음처럼 찼습니다. 어머니의 머리카락도 곧 젖어, 몇 갈래의 희끗희끗한 머리카락이 이마에 달라붙었습니다. 그녀는 애써 한쪽 손으로 린위안의 머리를 가리려 했고, 다른 한쪽 손으로는 무거운 휠체어를 더욱 힘겹게 밀어냈지만, 발걸음은 비틀거렸습니다.

바로 이렇게 당황스럽고, 궁색하고, 뼛속까지 스며드는 추위가 감돌던 그때, 린위안은 무언가 소리를 들었습니다.

아주 희미하게, 실오라기처럼, 쏟아지는 빗소리에 섞여, 끊어질 것 같은 현악기의 줄처럼, 한 번씩, 간신히 그의 고막을 스치는 소리가 났습니다. 그것은 마치… 고통스럽고, 무기력하며, 생명 본능에서 우러나오는 비통한 울음소리였습니다.

그는 무의식적으로 소리가 나는 쪽을 바라보았습니다. 빗줄기에 흔들리던 길가의 회양목 덤불 아래, 작고, 검은색과 흰색이 섞인 무엇인가가 웅크리고 있었습니다. 빗물은 그 작은 몸의 털을 완전히 적셔 비참하게 붙어 있었고, 마치 누군가 무심코 버려둔 더러운 누더기 같아 보였습니다. 린위안의 심장이 멎고 숨이 막히게 만든 것은, 그가 선명히 본, 그 고양이의 네 다리가… 불완전하다는 사실이었습니다. 앞다리는 관절 윗부분에서, 뒷다리도 짧은 일부만 남은 채, 드러난 상처는 딱지가 앉았지만 빗물에 젖어 건강하지 못한 붓기와 문드러진 가장자리를 드러내고 있었습니다. 고양이는 그 네 개의 벌거벗은, 끔찍한 상처를 가진 불완전한 다리로, 차갑고 거친 땅 위에서 몸을 지탱하려고 발버둥치고 있었고, 매번 움직임엔 격렬한 떨림과 더욱 처절하고 가슴을 찢는 듯한 울음소리가 따랐습니다. 빗물은 무자비하게 그 상처를 때렸고, 고양이는 반쯤 감긴 눈으로, 숨이 가쁘게, 마치 다음 순간이면 이 차가운 세상에 완전히 삼켜져 흔적도 없이 사라질 것처럼 보였습니다.

시간은 그 순간, 굳어져 버린 듯했다.

린위안의 모든 분노, 모든 자기 연민, 그리고 자신의 처지에 대한 고통은 그 작은 생명체를 목격한 순간, 더 깊고 더 날카로워 숨이 턱턱 막힐 듯한 고통으로 대체되었습니다. 그는 그 죽어가는 흐릿한 고양이의 눈동자 안에, 자신의 더 축소되고 더 비참한 모습을 본 듯했습니다 — 똑같이 운명에게 무자비하게 유린당하고, 가장 기본적인 능력을 박탈당한, 진창과 추위 속에서 발버둥치며, 아무도 이해하지 못하고 아무도 응답하지 않는 절규를 내뱉는 존재 말입니다. 다른 점이 있다면, 그에겐 휠체어가 있었고, 비바람

을 피할 집이 있었으며, 끝까지 저버리지 않고 그를 위해 헌신하
는 어머니가 있었다는 것입니다. 하지만 그것에게는, 아무것도
없었습니다. 오직 절망과 극심한 고통 속에서, 홀로 죽음을 기다
릴 뿐이었습니다. 그것의 발버둥침은 순수한 생명의 본능이었고,
그의 분노보다 더 원초적이었고, 더욱 강렬하게 와닿았습니다.

"엄마…" 린위안의 목소리는 굉장히 메마르고, 스스로도 깨
닫지 못한, 마치 떨리는 듯한 절박함이 담겨 있었습니다. "저 고
양이…"

어머니는 그의 시선을 따라갔다가 낮고, 고통으로 가득 찬 비
명을 내지르며, 눈가에 그와 같은 깊은 연민이 가득 찼습니다.
"아, 맙소사… 이… 이 누가 이런 짓을… 어떻게 이런 일을…"

"우리… 데리고 가자." 린위안이 고개를 들어 어머니를 바라보
았습니다. 교통사고 이후, 그의 눈빛에 '간절한 부탁'에 가까운,
미약하지만 확고한 빛이 처음으로 스쳤습니다. 그 빛은, 그의 눈
가에 오랫동안 자리 잡았던 어둠을 조금이나마 물리쳤습니다.

어머니는 잠시 멈칫하며, 아들의 눈에 오랫동안 보지 못했던
'사람다운' 감정의 움직임을 보고, 다시 죽음의 선상에서 간신히
버티는 작은 고양이를 바라보았습니다. 조금의 망설임도 없이,
"그래, 데리고 가자."

그녀는 휠체어를 밀어 가까이 갔고, 주저 없이 이미 젖어있지

만 아직 남아있는 약간의 체온이 스민 자신의 외투를 벗었습니다.
몸을 굽혀, 유아를 감싸는 것처럼 극도로 조심스럽게, 그 차갑고,
떨리고, 무게가 거의 느껴지지 않는 작은 몸을 감쌌습니다. 고양
이는 발버둥칠 힘조차 없는 듯했습니다. 외투로 감싸진 순간, 몸
이 굳었다가, 곧 이내 해방된 것인지 더 깊은 공포인지 알 수 없는,
아주 희미한 울음소리를 내뱉었습니다.

집으로 돌아오는 길은, 품에 안긴 이 연약한 생명체 때문에 더
욱 무거웠지만, 동시에 이상하게도 가벼웠습니다. 비는 여전히
억수처럼 내렸지만, 린위안은 가슴을 몇 달째 짓누르고 있던 커다
란 바위에 금이 가기 시작한 것 같은 느낌을 받았습니다.

이후의 나날들, 집의 중심은 조용히 옮겨갔습니다. 작은 생명
체의 생명력은 놀랍도록 강인했지만, 동시에 사람을 놀라게 할
만큼 여려서 안타까웠습니다. 어머니의 세심한 보살핌 — 미지근
한 물로 뭉친 털을 살살 닦아내고, 가장 작은 주사기에서 바늘을
빼서 따뜻한 양젖을 한 방울씩 먹이고, 다시 놀랄 만큼 끔찍한
상처들을 조심스럽게 소독하고 약을 발라 감염을 막는 — 덕분에,
그것은 하루하루 버텨냈습니다. 그것은 더 이상 그렇게까지 두려
워하지 않았습니다. 여전히 민감하고 쉽게 놀라긴 했지만, 린위
안이 휠체어를 타고 다가갈 때, 더 이상 격하게 움츠러들지 않았
습니다. 대신, 점점 맑아지는 그 호박색 눈으로, 조용히, 약간의

호기심을 담아 그를 바라보곤 했습니다.

린위안은 그에게 '화화'라는 이름을 지어주었습니다. 가장 단순하면서도 생명이 본래 가져야 할 다채로움과 활력을 상징하는 이름이었습니다. 그는 그것이 여전히 자신만의 색깔을 가질 수 있기를 바랐습니다.

하지만, 생존은 첫 번째 단계에 불과했습니다. 어떻게 '생활'할 것인가는 화화 앞에 놓인, 린위안이 마주한 것보다 더욱 잔혹하고 직접적인 난제였습니다. 네 발을 잃은 그것은 정상적으로 걸을 수조차 없었습니다. 이동을 시도할 때마다, 네 개의 불완전한 다리의 끝부분, 그 여린 새살과 민감한 신경은 단단하고 차가운 바닥 타일과 마찰을 일으키며 찌르는 듯한 고통을 안겼고, 그것은 즉시 고통스러운 소리를 내며 포기하고, 바닥에 축 늘어졌습니다. 눈동자에 방금까지 타오르던 작은 빛은 빠르게 사그라들고, 더 깊은 절망으로 덮여 버렸습니다.

린위안은 그것을 보며, 마치 자신의 일처럼 느꼈습니다. 매번의 실패한 시도, 고통 때문에 내뱉는 비통한 울음소리는 모두 그의 마음을 내리치는 무거운 망치 소리 같았습니다. 그는 그 느낌을 너무나 잘 알고 있었습니다 ― 뇌가 명령을 내리지만, 몸은 아무런 반응을 보이지 않거나, 오히려 격렬한 저항과 고통으로 응답하는 것. 그 뼛속까지 스며드는 무력감은 어떤 강인한 의지라도 무너뜨리기에 충분했습니다.

그는 화화가 그런 절망 속에 영원히 갇히게 둘 수 없었습니다. 그를 위해 무언가를 해야 했습니다.

그는 어머니에게 가장 부드럽고 두꺼운 장모 地毯을 사 오게 하여 집 전체, 특히 화화가 자주 활동하는 구역에 깔아놓았습니다. 카펫이 깔린 그날, 화화는 다시 움직임을 시도했습니다. 부드러운 털은 구름처럼 그녀의 민감한 불완전한 다리를 감쌌고, 대부분의 압력과 마찰을 효과적으로 완화해 고통은 눈에 띄게 줄었습니다. 화화는 멈칫하는 듯했고, 신음 소리를 그쳤습니다. 그러고는 조심스럽고도 믿기지 않는 표정으로 다시 앞으로 '기어' 이동하려 했습니다. 그녀는 정상적인 고양이처럼 우아하게 걸을 수는 없었습니다. 복부 코어 근육의 수축과 불완전한 다리의 협응에 의존해야 했고, 마치 어색하고 다친 새끼 표범처럼 카펫 위에서 한 뼘 한 뼘 힘겹게 움직여야 했습니다. 자세는 이상했고 속도는 더딜 수밖에 없었습니다. 조금씩 앞으로 나아갈 때마다 멈추어 숨을 골라야 했습니다.

이 장면은 결코 아름답지 않았고, 오히려 생명의 고된 투쟁과 어색함으로 가득 찼습니다. 하지만 린위안은 그것을 바라보며, 눈가가 뜨겁고 촉촉해지는 것을 느꼈습니다. 그는 굴하지 않는, '앞으로 나아가려' 하는 순수한 생명의 본능을 보았기 때문입니다. 이 본능은 자세가 우아한지, 속도가 빠른지와는 상관없이, 오직 '앞으로'라는 행위 자체에 관한 것이었습니다.

화화의 움직임을 더 편리하게 해주기 위해, 린위안은 스스로 바닥에 흩어져 그녀의 발걸음을 방해할 만한 모든 杂物들을 정리하기 시작했습니다. 그는 휠체어를 타고, 어색하게, 힘겹게 허리를 굽히고, 팔을 최대한 뻗어, 흩어진 책들을 제자리에 놓고, 그녀를 걸려 넘어뜨릴 수 있는 전선들을 테이프로 꼼꼼히 가구 뒤에 고정했습니다. 그는 심지어 화화의 먹이와 물을 준비하는 법을 배우기 시작했고, 밥그릇과 물그릇을 그녀가 가장 쉽게 도달할 수 있는 위치에 두었습니다. 그는 자신이 휠체어를 타는 기술이 훨씬 능숙해져서, 실내의 좁은 공간에서 더 정확하게 방향을 전환하고 움직일 수 있게 되었음을 발견했습니다. 이러한 사소하고 자애로운 변화들을 화화는 모두 이해하는 듯했습니다. 그녀가 린위안을 바라보는 눈빛은 날로 친밀하고 의지하는 모습으로 변해 갔고, 그가 다가갈 때면 편안함을 나타내는 작은 가르랑거리는 소리를 내기도 했습니다.

어느덧, 린위안이 화를 내고, 히스테리적으로 자신의 다리를 내리치는 횟수는 점점 줄어들었습니다. 그의 주의력과 감정은, 더 많은 도움이 필요하고 더 연약한 이 작은 생명체에게 쏠렸습니다. 그가 매일 가장 큰 '일'이자 기대는 화화를 관찰하고, 그녀의 작고 사소해 보이지만 의미 있는 발전들을 기록하는 것이 되었습니다. 오늘은 몇 센티미터 더 움직였고, 소파 아래 그림길을 탐험할 용기를 냈는가 하면, 다음 날에는 불완전한 다리로 몸을 떨며 반쯤 일어서 매달린 장난감을 잡으려 시도했습니다. 그는 종이와 펜을 구해 일기를 쓰기 시작했고, 더 이상 자신의 어둡고 고통스러운 기억을 기록하지 않고 화화의 '원정 역사'를 기록했습니다.

"10월 3일, 맑음. 화화는 오늘 거실 카펫 동쪽 끝에서 서쪽 끝 베란다 문까지 '걸어' 왔다. 약 15분 정도 걸렸다. 문 앞 햇살에 잠시 누워 배를 보이며 뒹굴었다. 눈빛은 편안했다."

"10월 10일, 흐림. 화화의 상처는 아주 잘 아물었고, 분홍色的인 새살이 났다. 그녀는 턱과 불완전한 다리를 이용해 내가 사준 작은 털볼을 만지려 시도하기 시작했다. 비록 자주 실패하고, 공이 멀리 굴러가면 애처롭게 바라보기만 하지만, 그녀는 이걸로 즐거워하는 것 같다."

글쓰기는 그의 새로운 寄托이자, 새로운 출구가 되었습니다. 한때 트랙 위에서 쏟아냈던 땀과 열정, 한계를 극복하고 자아를 초월하려는 갈망은 이제 조용히 펜끝에서 흐르는, 더욱 섬세하고 힘 있는 글로 변모했습니다. 그는 자신의 감정 포착, 고통에 대한 이해, 생명력의 탄력성에 대한 집요한 찬양이 그 어느 때보다 깊고 진실하다는 것을 발견했습니다. 그는 오랫동안 방치해두었던 책들을 다시 꺼내 들었습니다. 스테성의 『나와 지단』에서 그는 고통과 화해하고, 절경 속에서 정신의 뜰을 가꾸는 또 다른 지혜를 읽었습니다. 헬렌 켈러의 어둠과 침묵 속에서, 그는 인간 정신이 도달할 수 있는 광명과 광활함을 느꼈습니다.

그리고 화화는 그의 곁에서 가장 생생하고, 가장 현실적인 실천의 스승이었습니다. 그녀는 결코 운명의 불공평함을 탓하지 않았고, 그저 매일매일 자신의 '걸음'을 집요하게 연습할 뿐이었습니다. 그녀는 넘어지고, 발버둥치고, 숨을 고르고, 다시 일어나, 계속했습니다. 그녀의 목표는 단순하고 순수했습니다 — 햇살이 비치는 그 베란다에 도달하고, 그녀에게 따뜻함과 먹을 것을 주는 그 사람에게 가까이 다가가는 것.

린위안은 카펫 위에서 애쓰며 기어 오르는 그 작은 모습을 바라보며, 몇 계절이나 얼어붙어 있던 자신의 마음 호수에서 거대하고, 울림 있는 금 가는 소리를 들었습니다. 만약 화화가, 그렇게도 거대한 신체적 불완전함과 고통을 견디면서도, 살아남고, 그 작은 햇살과 따뜻함을 위해 포기하지 않고 노력할 수 있다면, 온전한 상반신과 사고 능력, 그리고 어머니의 전폭적인 지원을 가진 자신이, 무슨 자격으로 자기 연민과 상처의 수령에 누워 가장 자신을 사랑하는 사람들을 마음대로 해칠 수 있겠는가?

어느 날 저녁, 어머니가 평소처럼 그의 다리를 마사지해 주려

하자, 그는 갑자기 손을 들어 어머니의 굳은살이 박인 손을 살며시 눌렀습니다. 어머니는 놀란 눈으로 그를 바라보았습니다. 그는 어머니의 시선을 마주쳤고, 목소리는 높지 않았지만 놀랍도록 선명하고 단호했습니다. "엄마, 재활 치료사님께 연락해 주세요. 제가 해보고 싶어요."

어머니는 넋을 잃은 듯 멍하니 서서, 수건을 든 손이 허공에 굳었습니다. 그러고는 이내 굵은 눈물이 예고 없이, 뜨겁게 흘러내려 린위안의 감각 없는 무릎에 떨어졌습니다. 작고 어두운 자국을 만들어 내며요. 이번 눈물은 기쁨의, 너무 오래 기다려야만 했던 새벽빛을 드디어 본 안도의 눈물이었습니다.

재활 훈련은 고통스럽고 지난했으며, 그가 운동선수였을 때 받았던 그 어떤 체력 훈련보다도 험난했습니다. 차가운 전극 패드가 다리 근육에 붙고, 전류 자극이 가져오는 저리고 마비되는 듯한 아픔은 그의 이마에 식은땀을 맺히게 했습니다. 코어 근육을 이용해 엉덩이를 침대나 휠체어에서 조금이라도 들어 올려보려 할 때 느껴지는 무력함, 통제되지 않는 근육의 떨림. 평행봉 안에서 팔의 힘으로 온몸을 간신히 지탱하며, 비록 실질적이지 않더라도 한 걸음을 내딛으려 할 때, 팔에서 어깨까지 전해지는 찢어질 듯한 근육통. 그리고 힘의 부족이나 균형 상실로 지지대에서 一次又一次 미끄러져 내려오는 좌절감… 이 모든 것들은 그를 무수히 많은 순간 포기하고, 도피할 수 있는 그 휠체어 안으로 돌아가고 싶은 마음이 들게 했습니다.

매번 훈련에서 지치고, 땀에 흠뻑 젖고, 시선이 흐려지기 시작하며, 좌절에 삼켜질 것 같을 때면, 린위안은 무의식적으로 재활실 구석을 바라보았습니다. 어머니는 꼭 화화와 함께 와있었기 때문입니다. 화화는 조용히 자신의 작은 바구니에 앉아 있거나, 아니면 자신만의 방식으로, 집요하게, 집중하여 그의 방향으로 한 뼘 한 뼘 "걸어" 오고 있을 것입니다. 화화는 고개를 들어, 맑은 호박색 눈으로 그를 바라보았습니다. 마치 "있지, 나도 열심히 하고 있어"라고 말하는 것처럼요. 그 순간, 모든 피로와 고통은 마치 의미를 찾은 듯, 더욱 깊은 힘으로 변모했습니다. 그들은 마치 어두운 터널 속에서 나란히 앞으로 나아가는 두 여행자 같았습니다. 서로의 존재, 서로의 노력하는 자세야말로 서로의 유일한 빛이었고, 그들이 비록 느리더라도, 비록 어색하더라도 계속 앞으로 나아가게 하는 버팀목이었습니다.

날들은 땀과 눈물, 그리고 묵묵한 인내 속에서 조용히 흘러갔습니다. 화화는 점점 더 민첩해졌고, 심지어 불완전한 다리와 턱, 어깨를 교묘히 이용해 낮은 소파를 오르거나, 도움을 받아 낮은 창턱에 올라가는 '위업'까지 터득했습니다. 그리고 린위안도 마침내 어느 날, 재활 치료사와 어머니가 좌우에서 전념하여 부축하는 가운데, 떨면서, 힘겹게, 하지만 확실하게, 다리의 미약한 고유 수용성 감각과 강한 팔의 힘을 이용해 휠체어에서 몸을 일으켜 섰습니다!

비록 고작 몇 초 동안, 거의 무시할 만큼 짧은 순간이었고, 다리는 여전히 무력해 제대로 버티지 못했으며, 앞으로 경기장에 다시 서는 것은커녕 제대로 혼자 걷기도 어려울지 모르지만, 그 순간 발바닥이 땅에 닿아 전해오는 오래간만의 단단한 느낌은 마치 강력한 전류처럼 발끝에서 전신을 스치며, 그가 품고 있던 모든 어둠과 자기 의심을 단번에 날려 버렸다. 그는 고개를 숙여 발아래 부드러운 카펫을 내려다보았다. 그것은 그가 화화의 고통을 덜어 주기 위해 깔아준 길이었지만, 이제는 그가 다시 서고 희망을 되찾은 출발점이 되었다.

화화는 멀지 않은 카펫 위에 웅크리고 앉아, 작은 고개를 들어 그를 조용히 바라보았습니다. 그러고는 살며시, 또렷하게 "야옹" 하고 울었습니다. 마치 가장 진심 어린 축하를 전하는 것처럼요.

몇 년 후, 린위안의 첫 책이 출간되었습니다. 책 제목은 바로 『고마워요, 화화』였습니다. 책의 첫 장에 그는 이렇게 썼습니다.

"인생 속에서 예상치 못하게 만난 동행자, 나의 어머니와 화화에게 바칩니다.

우레가 내 두 다리를 끊었을 때, 나는 세상이 이미 황무지가 되었으며, 앞으로 나아가는 것에 더 이상 의미가 없다고 생각했습니다. 그 비 오는 밤, 내가 운명에 의해 마찬가지로 잔인하게 네 발이 부러진 너를 만날 때까지는. 우리는 달릴 수 없고, 세상이 인정하는 자세로 걸을 수 없지만, 우리는 서로를 비추는 고통 속에서, 부드러움으로 가득 찬 땅 위에서 또 다른 전진을 배웠습니다. 너야말로, 가장 어색하고, 가장 고통스러운 자세로, 내게 삶의 가장 깊은 우아함 — 정복이 아닌, 불완전함과 공존하며, 절망의 균열 속에서 스스로 꽃을 피우는 법 — 을 가르쳐 주었습니다.”

새 책 출판 기자회견장에서, 린위안은 연단 뒤에 서 있었습니다. 비록 그의 곁에는 여전히 그 익숙한 휠체어가 놓여 있었지만, 그의 등허리는 곧게 펴져 있었고, 눈빛은 평화로우며 따뜻했습니다. 그 안엔 시련을 겪고, 운명과 깊은 화해를 이룬 후에야 비로소 생기는 진정한 강인함과 평정이 담겨 있었습니다. 화화는 현장에 오지 않았습니다. 화화는 집에서 어머니와 함께 TV를 지키고 있었습니다. 화면 속, 린위안의 마음은 따뜻하고 진심 어려 보였습니다. 어머니는 아들을 바라보고, 곁에서 안정적으로 털을 핥고 있는 화화를 바라보며, 오랫동안 보지 못했던, 진정으로 마음 편하고 자랑스러운 미소를 지었습니다.

창밖에는 햇살이 正好하게, 밝게 대지를 적시고 있었습니다. 실내, 부드러운 카펫 위에, 화화는 햇살이 점점이 드는 자리에 웅크려 편안하게 잠들어 있었습니다. 숨결은 고르고, 배는 호흡에 따라 살짝씩 오르내렸습니다. 그들은 각각 인생의 폭풍과 긴 어두운 터널을 가로질러, 마침내 손에 손을 잡고 이 평온하고 희망찬 언덕에 도달했습니다. 그들의 이야기는, 구원에 관한, 동행에 관한, 생명의 놀라운 탄력성에 관한, 그리고 가장 단순한 진리 — 진정한 강자는 결코 쓰러지지 않는 자가 아니라, 쓰러진 후에도 다른 한 조각난 생명에서 힘을 찾아, 다른 방식으로 다시 '일어서는' 자라는 것에 관한 이야기입니다. 비록 그 자세가 완벽하지 않을지라도, 그 위를 향한 영혼은 그 자체로 이미 가장 아름다운 풍경입니다.

XU HONG(서홍)

저는 경영학 박사 과정에 재학 중이며, 여전히 글과 함께하는 삶을 살고 있습니다. 대학 시절부터 글을 쓰기 시작했으며, 글쓰기는 이성의 논리와 감성의 세계를 잇는 저만의 다리가 되어 주었습니다. 지금까지 네 편의 작품을 통해 문학 웹사이트에서 6년 동안 독자들과 조용히 소통해오고 있습니다.

저는 엄격한 데이터와 비즈니스 사례의 세계 너머, 무수히 많은 감동의 순간들이 켜켜이 쌓여 만들어진 삶 그 자체를 믿습니다. 그래서인지 저는 일상에서 느끼는 마음의 움직임을 더욱 소중히 여깁니다. 창가에 내리비치는 아침 햇살일 수도, 모르는 이가 건넨 따뜻한 미소일 수도 있지요. 저는 그 모든 순간을 조심스럽게 주워 제 행낭에 간직합니다.

글쓰기는 바로 이 시끌벅적한 일상 속에서, 그렇게 쉽게 스쳐 지나가는 감동들을 위해 평화로운 안식처를 짓는 일입니다. 앞으로도 저는 이런 기록자로 남고자 합니다. 경영의 논리와 인문학의 따뜻함이 더 넓은 세상에서 함께 울려 퍼질 수 있음을 글로 증명해 나가는 사람이 되고 싶습니다.

비 오는 아침, 같은 길 위에서

나의 아침 출근길은 늘 전쟁 같았다. 알람이 울리면 몸을 억지로 일으켜 세우고, 텀블러에 커피를 담아 무표정한 얼굴로 집을 나섰다. 회사까지 이어지는 이 길은 수없이 걸었지만, 단 한 번도 주변을 제대로 본 적이 없었다. 사람들은 모두 제각기 바쁜 걸음으로 흩어졌고, 나는 그 속에서 익명의 한 사람이 되어 하루를 시작했다. 그런 내 시야 속에 어느 날부터 한 사람이 들어왔다. 지하철역으로 향하는 건널목 근처, 한쪽 다리를 절며 천천히 길을 걸어가는 한 어르신이었다.

처음엔 그저 '몸이 불편한 분이구나' 하고 지나쳤다. 어쩌면 그 이상 생각하지 않았다. 비슷한 시간대에 늘 마주치다 보니 어느새 익숙해졌지만, 그 존재는 내 일상의 배경 중 하나로만 자리했다. 가끔은 그런 생각이 스쳤다.

'아니, 왜 저런 분이 이렇게 바쁜 시간에 나와서 사람들 사이를

비집고 다니는 걸까. 괜히 걸음 느린 분이 앞에 있으면 답답하단 말이야.'

그 마음속에는 이해나 배려보다는 불편함과 짜증이 섞여 있었다. 그분이 힘들어 보인다는 생각보다, 그 존재 자체가 내 출근길의 흐름을 방해하는 것처럼 느껴졌다.

평소 같으면 그냥 스쳐 지나갔을 것이다. 늘 그랬다. 그 어르신은 내 출근길 어딘가에 항상 있었지만, 나는 단 한 번도 그를 제대로 본 적이 없었다. 시야의 가장자리에만 걸쳐 있던 사람. 나는 늘 바쁜 사람처럼 스마트폰을 확인하는 척하거나, 이어폰을 귀에 꽂고 볼륨을 높여 음악을 들으며 세상을 차단한 채로 그 곁을 지나쳤다. 느릿하게 걷는 그분을 보면, 괜히 걸음이 더 빨라졌다.

'저분을 제치고 먼저 가야 지각을 안 하지.'

하는 마음으로 속도를 올렸다. 그렇게 여러 번을 앞질렀고, 그게 습관이 되어버렸다. 그런데 그날은 이상했다. 신호등 앞에서 멈춰 섰을 때, 문득 고개를 들었는데 그분이 바로 내 앞에 있었다. 늘 보던 뒷모습이 아니라 정면이었다.

땀과 약간의 피로가 묻은 얼굴이 눈에 들어왔다. 그 순간 시선을 돌리려 했지만, 이상하게 눈길이 떨어지지 않았다. 그분의 시선도 마침 내 쪽을 향해 있었다. 눈이 마주쳤다. 짧은 순간이었는데, 내 안에서 무언가가 흔들렸다. 평소라면 아무렇지도 않게 시선을 피했을 텐데, 그날은 나도 모르게 고개가 숙여졌다. 나도 모르게 미소를 지었다. 웃음이라기보다, 얼굴 근육이 잠시 방향을 잃은 듯한 움직임이었다. 나는 그저 작은 예의를 차리는 정도였지만, 어르신은 천천히 고개를 끄덕이며 인사를 받아 주었다. 순간, 어르신의 눈빛이 스치는 장면이 이상하게 나의 뇌리에 오래 남았다. 마치 낯선 음악 한 구절이 머릿속에 걸려 계속 맴도는 것처럼, 그 시선이 자꾸 떠오르고 사라지지 않았다.

곧 신호등이 바뀌고 사람들은 길거리로 쏟아져 길을 건너갔지만, 나는 잠시 그 자리에서 멈춰 서 있었다. 불과 몇 초였다. 그런데 그 짧은 순간, 머릿속이 텅 비는 듯했다. 하지만 곧 누가 뒤통수를 툭 쳤다고 해야 할까, 아니면 오래 잠들어 있던 생각이 갑자기 머리 위에서 무너져 내렸다고 해야 할까.

어르신의 시선이 떠오르는 찰나, 어딘가에서 '너 지하철 놓치겠는데'라는 내면의 소리가 스쳤다. 나는 나도 모르게 숨을 들이켰다. 순간적으로 정신이 들었다. 그제야 신호가 이미 한 번 더 바뀌었다는 걸 알아차렸다. 사람들의 발소리가 멀어지고, 나는 뒤늦게 그 흐름을 쫓아 달려갔다. 별일 아닌 눈빛 하나에, 세상이 잠깐 멈춘 것처럼 느껴진 건 그때가 처음이었다.

그날 이후로 나는 매일 출근길을 걸을 때마다 무심코 그분을 찾았다. 늘 같은 시간, 같은 길이었지만, 내 시선이 달라졌다. 예전엔 존재 자체를 의식하지 않던 사람이 어느새 내 출근길의 풍경 속 중심으로 들어와 있었다. 어느 날은 괜히 스마트폰에 있는 타이머를 눌러 시간까지 재봤다. 어르신의 걸음으로 건널목을 건너 지하철역 입구까지 도착하는 데 얼마나 걸릴까 궁금해졌다. 내가 보통 10분이면 걷는 거리를 그분은 25분 가까이 걸렸다. 어르신의 걸음을 보면 한 발, 또 한 발 옮길 때마다 체중이 한쪽으로 쏠리며 조금씩 흔들렸다. 그 움직임을 보고 있자면, 단순히 '느리다'는 단어로 설명할 수 없는 무게가 있었다. 그분의 걸음에는 의지만 보이지는 않았으며, 피로도 함께 섞여 있었다. 며칠이 지나자 나는 어느새 그분의 속도에 익숙해졌다. 멀리서도 그분이 나타나는 시점과 신호등이 바뀌는 타이밍을 거의 예측할 수 있었다. 그것이 무슨 특별한 의미 있는 일은 아니었지만, 그 짧은 관찰이 하루의 시작처럼 느껴졌다. 나는 그분의 걸음 속에 리듬이 있다는 걸 처음 알았다. 내가 뛰듯이 걷는 동안 그분은 묵묵히 일정한 보폭으로 움직였다.

처음엔 단순한 호기심이었다. 하지만 시간이 지날수록 그 리듬이 낯설지 않게 느껴졌다. 예전 같으면 나는 늘 그분을 앞질렀다. 인도에서 그분의 느린 걸음이 앞에 보이면, 괜히 조급해져 한쪽으로 몸을 기울이며 먼저 지나갔다. 출근길은 빠른 사람이 이기는 곳이라 믿었으니까 빨리 앞 사람을 제치는 것이 중요했다. 그런데 어느 날부터인가 나는 그분을 앞지르지 않았다. 굳이 이유를 찾자면, 그냥 그렇게 하고 싶지 않았다. 나는 걸음을 늦췄고, 멀찍이 뒤에서 그분의 뒷모습을 따라 걸었다. 한쪽 다리에 힘을 주며 조심스럽게 걷는 어르신의 보폭은 일정했고, 누군가를 따라 걷는다는 건 생각보다 이상한 경험이었다. 앞만 보고 달리던 나의 하루가, 그 순간만큼은 멈춰 선 듯 느리게 흘렀다.

지하철역까지의 거리는 여전히 같았지만, 풍경은 달라 보였다. 그분이 신호등 앞에 설 때 나도 멈춰 섰고, 그분이 천천히 발을 내딛을 때 나도 비슷한 속도로 움직였다. 그 짧은 동행이 하루의 시작을 다르게 만들었다. 마치 내가 걷는 도시의 리듬이 그의 속도에 맞춰 다시 조율되는 것 같았다. 어르신이 어디로 향하는지, 왜 늘 같은 시간대에 이 길을 걷는지 여전히 몰랐지만, 이상하게 그건 더 이상 중요한 문제가 아니었다. 그저 어르신의 속도를 따라 세상을 바라보는 순간, 내 하루의 풍경이 달라지고 있었다.

며칠 뒤, 출근길에 장대비가 쏟아졌다. 예고도 없었다. 하늘은 아침까지만 해도 맑았고, 구름은 얇게 흩어져 있었다. 그런데 몇 분 사이, 마치 누군가 수도꼭지를 갑자기 틀어버린 듯, 굵은 빗줄기가 허공을 찢고 떨어졌다. 순식간에 공기가 눅눅해지고, 사람들은 일제히 가방 속을 뒤적였다. 사거리 신호등 앞에서 여기저기서 우산이 펼쳐지는 소리가 이어졌다. 도시의 풍경이 단숨에 회색으로 번졌다. 나도 허겁지겁 가방에서 접이식 우산을 꺼냈다. 굵게 내린 비는 금세 내리막길을 따라 쓸려 내려갔고, 나의 신발 끝은 이미 젖어 있었다.

그리고 그때, 길 건너편을 바라보았다. 그 어르신이었다. 어르신은 우산 없이 장대비를 맞으며, 여느 날처럼 다리를 절며 지하철역을 향해 천천히 걷고 있었다. 옷자락은 몸에 달라붙었고, 젖은 머리카락이 이마에 엉겨 붙어 있었다. 비를 잔뜩 맞은 새처럼 어깨가 축 처져 있었고, 발걸음마다 빗물이 튀었다. 그 모습은 초라했다기보다, 시간이 멈춘 한 장면 같았다. 빗속을 혼자 걷는 그의 뒷모습이, 유난히 고요하게 느껴졌다. 사람들은 우산을 쓰고 바쁘게 스쳐 지나갔지만, 그분만은 마치 비를 견디며 자신만의 속도로 세상을 통과하고 있는 것 같았다.

나는 잠시 멈춰 섰다. 이미 출근 시간은 빠듯했고, 지금 이대로 가도 겨우 정시에 도착할까 말까였다. 지하철을 한 번 놓치면 회사까지 늦는 건 순식간이었다. 머릿속이 복잡해졌다.

'저분을 도와드려야 하나? 그런데… 내가 뭘 도와드릴 수 있지?'

그런 생각이 스쳤다. 우산을 함께 쓰자고 말하는 게 쉬운 일 같았지만, 막상 다가가려니 망설여졌다. 혹시 내가 괜한 오지랖을 부리는 건 아닐까, 괜히 불쾌하게 여기시진 않을까 하는 걱정이 들었다. 요즘은 도움을 주는 일도 타이밍이 어긋나면 불편한 상황이 되니까.

　비는 점점 굵어지고, 어르신은 여전히 우산 없이 걸었다. 어깨 위로 떨어지는 빗방울이 튀어 오르며, 마치 작은 파편들이 옷에 박히는 것처럼 보였다. 나는 그 자리에 박힌 듯 움직이지 못했다. 손에 쥔 우산 손잡이가 미묘하게 미끄러졌고, 발끝이 묶인 사람처럼 앞으로 나아가지 않았다. 머릿속에서는 두 개의 목소리가 엇갈렸다. 하나는 조용히 속삭였다. '그냥 가도 돼. 오늘만 그런 거야.' 다른 하나는 작지만 단단하게 저항했다. '아니, 그래도 어르신을 이렇게 비를 맞게 두는 건 좀 아니잖아.' 그 사이 빗소리가 점점 커졌다. 회색 공기 속에서 차들이 미끄러지듯 지나가고, 사람들의 우산이 바람에 흔들렸다. 나는 그 모든 소음 속에서 이상하게 고립된 느낌이었다. 회사에 늦으면 팀장이 또 뭐라 할 게 뻔했다. '바쁜 아침부터 또 지각이야?'라는 말이 이미 귓가에 맴돌았다. 그 생각이 머리를 눌렀다. 심장이 작게 뛰었고, 비는 마치 내 망설임을 재촉하듯 점점 굵어졌다. 나는 스스로를 변명했다. 나는 그렇게 대단히 친절한 사람은 아니다. 누군가를 돕는 일보다, 오늘 하루를 무사히 넘기는 게 더 급한 평범한 직장인일 뿐이다. 하지만 그 순간만큼은, 내 평범함이 이상하게 부끄럽게 느껴졌다.

　내 시선이 자꾸 그분의 뒤를 쫓았다. 굵은 빗줄기를 맞으며 느릿하게 걷는 그의 발걸음이 어쩐지 버거워 보였다. 주변 사람들은 아무렇지도 않게 스쳐 지나갔다. 그들의 우산 끝이 그의 어깨를 스치듯 기울었다가, 금세 아무 일 없다는 듯 방향을 틀었다. 그 움직임은 마치 강물 위를 떠도는 나뭇잎 같았다. 서로 부딪힐 듯 가까워지다가, 금세 멀어져 버리는 나뭇잎처럼 보였다. 그 풍경이 묘하게 나를 불편하게 했다. 모두가 같은 비를 맞고 있었지만, 어르신은 세상의 흐름에서 한 발짝 밀려난 듯 보였다. 나도 그들처럼 그냥 지나쳐야 할까, 아니면 단 한 번이라도 멈춰 서야 할까. 그 몇 초가 유난히 길게 느껴졌다. 시간이 늘어난 것 같았다. 비가 내리는 소리와 사람들의 발소리가 멀어지고, 마치 도심 한복판에서 나만 다른 속도로 움직이는 것 같았다.

손에 쥔 우산의 손잡이가 미세하게 미끄러졌다. 나는 스스로에게 물었다. '이건 도와주는 일일까, 아니면 나 스스로 안도하고 싶어서 하는 일일까.' 머릿속은 복잡했고, 심장은 괜히 빨리 뛰었다. 내 안의 이성은 '지금은 회사 가야지'라고 말했지만, 그보다 더 깊은 곳에서 들려오는 목소리는 달랐다. '그래도, 그냥 두고 보기엔 너무 어르신이 비 맞고 있잖아.' 결국 나는 발걸음을 돌렸다. 내가 왜 그랬는지, 지금도 정확히는 모르겠다. 아마 그 순간만큼은 계산보다 마음이 앞섰던 것 같다. 이미 신발 끝은 젖어 있었고, 그에게 다가가며 나는 속으로 중얼거렸다. '지각 좀 하면 어때.' 그렇게 나는 비를 뚫고 달려갔다.

"어르신, 같이 쓰시죠."

내가 우산을 내밀자, 그는 잠시 놀란 눈으로 나를 보았다.

"아이고, 빨리 가야지. 나는 괜찮아요."

"비 맞으면 감기 걸려요. 같이 우산 쓰고 가셔요. 어차피 저도 같은 지하철 타요."

그렇게 우리는 좁은 우산 아래 나란히 걸었다. 장대비로 인해 옷과 신발, 어깨는 금세 젖었지만, 그 불편함 속에 이상하게 따뜻한 공기가 감돌았다. 내 우산은 크지 않았지만, 그 순간만큼은 그 안의 공간이 이상하게 넓게 느껴졌다. 빗소리가 울려 퍼지는 가운데, 우산 아래의 공기가 마치 작은 방처럼 고요했다. 비는 계속 쏟아졌지만, 그 안에서는 서로의 숨결과 온기만이 남아 있었다. 나는 그의 걸음 속 리듬에 맞추어 천천히 걸었다. 잠시 후 어르신은 말했다.

"나는 출근하려면 조금 일찍 나와야 해요. 다리가 이래서, 걸음이 느려요."

나는 순간 아무 말도 할 수 없었다. 그의 말은 잔잔했지만, 그 안에는 묵직한 현실이 있었다. 그는 다리가 불편했지만 일을 쉬지 못했다.

"아내도 몸이 안 좋아서 집에 있어요. 내가 벌어야 먹고살죠. 딸들이 도와주긴 하지만 다들 형편이 넉넉하지 않아요."

어르신은 담담하게 말했지만, 그 말속에는 오래된 피로가 묻어 있었다. 꾸준히 일하지 않으면 생활이 바로 흔들릴 형편으로 보였다. 나는 그때 처음으로 그가 '살기 위해' 걸어가고 있다는 사실을 알았다.

그날, 나는 처음으로 내 마음 깊숙한 곳에 숨어 있던 무심함을 마주했다. 나는 늘 장애인을 볼 때 아무 감정이 없다고 생각했다. 불쌍하다고도, 대단하다고도 느끼지 않았다. 그저 '저런 사람도 있구나' 하고 지나쳤다. 그래서 스스로를 '편견이 없는 사람'이라 여겼다. 그런데 그건 착각이었다. 아무런 감정이 없다는 건, 사실상 '보지 않는 것'과 다르지 않았다.

돌이켜보면 나는 늘 그랬다. 엘리베이터 앞에서 휠체어를 탄 사람이 기다리고 있으면, 괜히 다른 쪽 계단으로 향했다. 조금 기다려주는 일조차 귀찮았다. 건널목 앞에서도 신호가 바뀌기 전에 천천히 건너는 사람을 보면 마음속으로 짜증이 올라왔다. '왜 이렇게 느려, 뒤에 사람도 있는데.' 나의 일상 속엔 그런 순간들이 쌓여 있었다. 그때마다 나는 나 자신을 합리화했다. '나는 바쁜 사람이다. 내 하루는 빠듯하다. 저 사람들은 천천히 가도 된다.' 그렇게 속으로 정당화하면서, 실제로는 그들을 내 시야에서 밀어냈다. 하지만 그날, 빗속에서 천천히 걷는 그의 뒷모습을 바라보며 깨달았다. 내가 불편하다고 느꼈던 건 그의 다리가 아니라, 내

작디작은 마음이었다.

나는 그저 빠른 속도로 사는 사회의 일원이었다. 지하철 계단을 오를 때는 느린 사람들을 피해 뛰어 올랐고, 출근길 에스컬레이터 앞에서는 잠시 멈춰 선 노인을 장애물처럼 불편하게 바라봤다. 그 순간 들 속에서 나는 그들을 '비켜야 할 존재'로만 여겼다. 그들로 인해 흐름이 끊기고, 내가 불편함을 느끼고 출근길을 망치는 장애물로 느꼈다. 내게 세상은 '효율'이 기준이었다. 빠른 사람이 옳고, 느린 사람은 배려할 이유가 없는 존재였다.

하지만 장대비에 옷이 젖고, 한 쪽 다리를 절며 걸어가는 그의 모습은 내 생각을 송두리째 흔들었다. 그는 그저 하루를 버티기 위해 걷고 있었을 뿐이었다. 누구에게 피해를 주려 한 것도 아니었고, 동정을 구한 것도 아니었다. 그런데 나는 그런 사람조차 내 일상의 '방해물'로 여겨왔다. 그 사실이 몹시 부끄러웠다. 그날 이후, 나는 내 안의 시선이 조금씩 변하고 있다는 걸 느꼈다. 느린 사람을 보면 '왜 저렇게 느릴까'가 아니라 '어디로 향하고 있을까'라는 생각이 먼저 들기 시작했다.

몇 해 전 유럽을 여행했을 때, 나는 거리에 휠체어를 탄 사람들을 자주 봤다. 카페 앞 인도에도, 지하철역과 기차역의 플랫폼에도, 공원 벤치 근처에도 그들의 모습이 자연스럽게 섞여 있었다. 버스와 지하철에는 자동 리프트가 설치되어 있었고, 사람들이 도와주는 일에도 특별한 시선이 없었다. 그곳에 서 장애는 어떤 구경거리가 아니라, 단지 '이 도시의 일부'였다. 반면, 서울의 거리는 다르다. 눈을 씻고 찾아봐도 거리에서 휠체어를 탄 사람은 거의 보이지 않는다. 낮은 인도 턱 하나, 버스 계단 몇 칸이 그들을 가로막는다. 어느 지하철역은 여전히 엘리베이터가 없다. 어느 장소는 엘리베이터가 고장 난 채로 며칠씩 방치되기도 한다. 그런 날이면 휠체어 이용자들은 그 역을 아예 사용할 수 없다. 다른 역까지 돌아가야 하고, 그 길은 언제나 멀고 복잡하다.

버스도 크게 다르지 않다. 장애인 리프트가 있는 차량이 늘었다고 하지만, 정작 도로에서 그 기능이 작동되는 모습을 보는 것은 쉽지 않다. 휠체어를 탄 사람뿐 아니라, 심지어 유아차를 끄는 부모도 보기 힘들다. 경사진 보도와 좁은 인도, 갑작스러운 단차가 휠체어뿐만 아니라 아이를 태운 유모차를 밀기엔 너무 거칠고 위험하다. 그래서인지 서울의 버스 정류장은 늘 비슷한 사람들로만 채워져 있다. 몸이 자유로운 성인, 서둘러 어딘가로 향하는 사람들, 그들만의 속도에 맞춰 사는 도시의 주류. 문제는 도로의 경사나 자주 발생하는 엘리베이터 고장보다, 그 풍경이 너무 '당연하게' 느껴진다는 것이다. 불편한 이들이 보이지 않는 이유는, 그들이 없어서가 아니라 '보이지 않게 만들어진' 도시이기 때문이다. 나는 그 사실을 오래 몰랐다. 누군가의 불편은 내 일상이 아니면 쉽게 잊힌다. 나 역시 그런 시선 속에 있었다. 비껴가고, 모른 척하고, 불편함을 외면하는 다수의 한 사람이었다.

서울은 여전히 빠르고, 삭막하다. 사람들은 서로의 얼굴을 보지 않은 채 흐르는 강물처럼 스쳐 지나가고, 엘리베이터는 가끔 고장 난 채 멈춰 서 있다. 출근길의 인도는 늘 사람들로 넘쳐나지만, 그 발걸음들 사이에는 서로를 향한 여유가 좀처럼 스며들지 않는다. 그러나 그 속을 걷는 내 시선은 예전과 달라졌다. 한때는 불편함이라고 여겼던 것들이, 이제는 그저 '다른 속도'로 존재하는 삶처럼 보인다. 비오는 날 어르신과의 짧은 동행이 세상을 근본적으로 바꿔놓은 건 아니지만, 그날 이후로 내 안의 풍경은 달라졌다. 회색의 도시에 색이 한 줄 스며든 것처럼, 무심히 지나치던 하루의 풍경에도 온기가 번졌다. 비 내리는 아침마다 나는 문득 우산을 조금 더 기울여 들게 된다. 누구의 어깨 위로 빗물이 떨어지지 않게 하려는 습관처럼. 그 작은 움직임 하나가 내 마음의 균형을 다시 맞춘다. 삭막한 도시의 냉기 속에서도 내 안 어딘가에서 미세하게 따뜻한 숨결이 피어오르는 듯하다. 아마도 그것이 내가 이 회색의 도시 서울에서 배운 가장 인간적인 온도일 것이다.

버튼 하나의 거리

점심시간이 조금 지난 서울역 근처 식당.

계산대 앞에 키오스크가 두 대 서 있었다. 화면에는 메뉴 사진이 빠르게 넘어갔고, 오른쪽 위 숫자가 짧게 올랐다가 내려갔다. 앞사람이 물러나고 내 차례가 왔다. 화면을 눌렀다.

"한식 → 김치찌개 → 수량 1."

여기까지는 괜찮았다. 문제는 결제였다. 카드 삽입 구멍과 카드를 대는 부분이 따로 있었고, 화면에는 "간편결제 이용 시 팝업을 확인하세요"라는 문장이 떴다. 팝업이 어디에 뜨는지 찾는 사이, 뒤에서 한숨 소리가 났다.

"아이고, 또 막혔네."

"이 나이대는 줄 따로 만들어야 하는 거 아니에요?"

말은 크지 않았지만 들렸다. 나는 화면을 두 번 눌렀다가 뒤로 가기를 눌렀다. 옆쪽 키오스크에서는 이미 두 팀이 결제를 마치고 옆으로 비켜섰다. 화면이 다시 처음으로 돌아갔다. 손끝이 굳었다. 직원이 "도움 필요하시면 벨 눌러주세요"라고 말했지만, 그 말이 더 부담으로 느껴졌다. 뒤에서 누군가가 내 어깨를 스치며 다가왔다. 나는 반걸음 물러섰다. 그때 화면 맨 아래에 작게 있던 "카드 결제(삽입)" 버튼이 보였다. 버튼을 눌러 카드를 넣었다. 영수증이 나왔다.

자리에 앉았지만, 숟가락질이 평소보다 느렸다. 국물 맛은 기억나지 않았다. 머릿속에는 "이 나이대"라는 말만 남았다. 나를 가리킨 말이 아니라 범주를 가리킨 말이라는 점이 오래 걸렸다. 익숙한 사람들의 속도가 규칙이 되고, 그 규칙에서 어긋난 손놀림이 금방 "민폐"가 되는 장면.

나는 거의 말 한마디 하지 않았지만, 오래 이야기한 기분이었다.

저녁에 집에서 동네 아파트 온라인 카페를 들어가 글을 읽었다. 낮에 들은 말과 비슷한 글들이 여럿 있었다. "키오스크 때문에 줄이 막힌다", "노인들 때문에 뒷사람 시간 뺏긴다." 웃는 이모티콘이 몇 개 달려 있었다. 모니터를 덮었다가, 다시 열었다. 내가 왜 그렇게 굳었는지 생각했다. 기능을 몰라서만은 아니었다. 실수할 자유가 없는 자리 때문이었다. 뒤에서 밀려오는 시간의 압박, 익숙한 손들의 속도 속에서, 낯선 손은 곧 '잘못된' 손이 된다.

다음 날, 같은 식당을 다시 갔다. 이번에는 화면을 천천히 읽고,

결제 버튼을 정확히 눌렀다. 30초쯤 걸렸을까. 잘 됐다. 카드를 빼려는 순간, 왼쪽 키오스크 앞에서 어르신이 화면을 보며 멈춰 서 있었다. "먹고 싶은 게 어디 있지…." 어제의 나와 닮은 말투였다. 뒤에서 젊은 둘이 낮게 웃었다. "또 시작이다." 그때 고등학생으로 보이는 아이가 어르신 옆으로 다가갔다.

"선생님, 여기 한식 누르시고요. 원하시는 사진 누르시면 돼요. 이건 맵기 조절이고요." "아이고, 고마워. 이걸 자꾸 헷갈려."

"괜찮아요. 다음에는 여기부터 누르시면 돼요."

아이의 손짓은 빠르고, 말투는 단순했다. 설명은 짧았지만 정확했다. 결제까지 도와준 뒤 아이는 자기 자리로 돌아갔다. 그 장면을 보며 생각했다. 이건 기술 문제가 아니라 자리를 만드는 문제라고. 사람 하나 옆에 조금 서서, 손가락으로 한 번 가리키면 끝나는 일. 그 한 번이 없어서 줄이 엉키고 말들이 거칠어지는 일.

주말에 동네에서 책 읽으러 자주 가는 도서관에 들렀다. 2층 벽면에 지역 프로그램 안내가 붙어 있었다. 스마트폰 사진 인화, 엑셀 기초, 바둑 교실. 직원에게 물었다. "키오스크 사용법 같은 것도 있나요?"

직원이 고개를 저었다. "문의는 많은데, 정식 프로그램은 없어요. 짧게 알려 드릴 시간이 부족해서요."

나는 제안했다. "10분짜리면 제가 해볼 수 있을 것 같아요. 주문 → 수량 → 결제, 버튼 위치만 그림으로.”

직원이 반가워했다. “짧게 자주 하는 게 오히려 좋아요. 오래 앉아 있는 걸 힘들어하셔서요.”

그렇게 ‘키오스크 10분 클래스’가 시작됐다. 준비물은 종이 세 장. 1번: 첫 화면에서 ‘식사/ 음료’ 고르기, 2번: ‘수량/옵션’ 고르기, 3번: ‘결제(카드/간편) 버튼 위치’ 확인. 글자는 크게 쓰고, 버튼은 굵은 네모로 표시했다. 매주 수요일 오후 네 시, 도서관 앞 테이블 한 칸을 빌려 앉았다. 처음에는 두 분이 왔다. 다음 주에는 네 분이 왔다. ‘수업’이라고 부르기 민망한 시간이었다. 사람들은 각자 헷갈렸던 포인트를 말했고, 나는 그 부분에 동그라미 하나를 더 그려 넣었다.

“여기에서 뒤로 가기는 이쪽, 결제는 이쪽이에요. 헷갈리면 처음으로 돌아가셔도 됩니다.”“처음으로 돌아가도 돼요?”

“그럼요. 다시 시작해도 됩니다. 기다리는 사람이 있어도, 실수는 누구나 합니다.”

세 번째 주에는 혼자 오신 중년 남성이 있었다. 첫 마디가 이랬다. “제가 이 나이에 이런 걸 배우러 오기가 좀….” 나는 고개를 끄덕였다. “저도 어제 배웠습니다.” 그는 한 번 설명을 듣고 자리에서 일어났다. “저 다 외웠어요. 다음에 누가 서 있으면 제가 알려 드릴게요.” 배움이 배려로 옮겨붙는 순간이었다.

한 달쯤 지나자 작은 변화가 보였다. 도서관 카운터 옆에 "키오스크 10분, 수요일 16:00" 종이가 붙었고, 아래에는 볼펜으로 "감사합니다"라는 글씨가 늘어났다. 시장 골목 분식집 앞에서도 비슷한 장면을 봤다. 내 수업에 왔던 어르신이 다른 낯선 어른의 옆에서 버튼을 가리키고 있었다. "여기부터 누르시면 돼요. 결제는 아래쪽." 옆줄의 젊은 둘은 자연스럽게 반걸음 뒤로 물러서 통로를 만들었다. 누구도 큰소리를 내지 않았고, 줄은 빨리 움직였다. 서 두르지 않아도 빨라지는 방식이 있다는 걸 알았다.

물론 다 좋은 말만 오가진 않았다. 온라인 카페에는 여전히 "키오스크 못 쓰면 집에서 밥 먹어라" 같은 댓글이 달렸다. 읽을 때마다 마음이 흔들렸다. 하지만 이제는 그 말 아래에 다른 말도 보였다. "가게도 바쁘고 손님도 바쁘죠. 그래도 조금만 비켜 주면 됩니다." "도서관에서 수업하던데, 링크 공유합니다."

나도 글 하나를 올렸다. 버튼 위치를 표시한 사진 세 장과, "모르면 수요일에 오세요"라는 한 줄. 누군가는 '좋아요'를 눌렀고, 누군가는 지나갔다. 그 정도면 충분했다. 온라인에서 설득을 늘리는 것보다, 오프라인에서 자리를 하나 더 만드는 편이 내겐 더 쉬웠다. 둘째 달에는 장소를 하나 더 늘렸다. 동네 경로당에서 연락이 왔다. "오후 두 시쯤, 열 분 정도가 같이 들으면 좋겠다."

나는 글자를 더 키운 새 종이를 준비했다. 첫 화면 사진을 인쇄

했고, 버튼 위치를 형광펜으로 칠했다. 시작하자마자 질문이 쏟아졌다. "카드 대는 데가 두 군데면 어디에 대요?" "간편결제는 뭔가요?"

나는 하나씩 짚었다. "간편결제는 휴대전화로 승인하는 방식이에요. 익숙하지 않으시면 아래 '카드(삽입)'만 보시면 됩니다."

설명이 끝날 때쯤, 한 분이 조용히 말했다. "우리는 늘 급해서 미안하다고 말하게 됩니다. 근데 천천히 해도 된다고 누가 얘기해 주면 좋겠어요."

그 말이 수업의 성격을 바꿨다. 그날 이후 종이 한 장이 더 생겼다. 가게 앞에 붙일 수 있는 작은 문구.

"천천히 하셔도 됩니다. 직원 호출: 여기."

실제로 그 종이를 받아가 가게에 붙인 분이 있었다. 며칠 뒤 들렀을 때, 그 문구가 계산대 옆에 붙어 있었다. 사장은 말했다. "붙이고 나니, 손님들이 덜 다그쳐요. 대신 벨을 누르더라고요. 저희도 편합니다." 작은 문장 하나가 자리를 바꾸는 신호가 될 수 있다는 걸 확인했다.

셋째 달에는 병원 무인 접수기를 다뤘다. 병원은 메뉴가 다르고, 뒤로 가기가 약했다. 나는 "키오스크는 대부분 처음 화면으로 돌아가면 다시 정리된다."는 원칙을 다시 강조했다. 그날은 예상치 못한 장면을 봤다. 접수기에 서 있던 어르신이 화면을 두 번 잘못 눌렀고, 뒤에서 누군가가 짧게 말했다. "뒤에서 보면 답답해요."

나는 뒤에서 한 발 내밀었다. "잠깐만요. 천천히 하셔도 됩니다. 줄은 제가 잡고 있을게요." 뒤로 다섯 사람이 서 있었는데, 세 사람이 고개를 끄덕였다. 두 사람은 다른 창구로 옮겨 갔다. 어르신은 조용히 접수를 마쳤다. 돌아서면서 내게 말했다. "고맙습니다." 나는 고개를 숙였다. 자리를 지켜주는 일은 길지 않았다.

그 무렵, 집에서 아이와 이런 대화를 나눴다. "아빠(엄마), 키오스크 수업 재밌어?" "재밌다기보다, 필요하니까 하고 있어."

"나도 가서 도와드려?"

"좋지. 근데 알려줄 때, 대신 눌러주지만 말고, 어디부터 눌러야 하는지만 손가락으로 알려 줘."

"왜?"

"다음에 혼자 할 수 있도록."

아이는 고개를 끄덕였다. 주중 한 번은 같이 도서관에 앉았다. 아이가 설명하는 방식은 더 간단했다. "여기, 여기, 여기." 세 번 손가락이 움직이면 대부분 해결됐다. 나는 덧붙였다. "잘 안 되면 처음으로." 아이가 따라 말했다. "잘 안 되면 처음으로." 그 말은 수업의 마지막 문장이 됐다. 다시 시작해도 좋다는 허락이 있을 때, 사람들은 생각보다 빨리 배운다.

넷째 달엔 상가 번영회에서 연락이 왔다. 점심 장사 때 줄이 엉키는 가게가 많다며, 직원 교육을 부탁했다. 나는 가게 한 곳을 골랐다. 주문이 많은 날이었다. 사장과 직원 두 명이 앞뒤로 움직였다. 우리는 세 가지를 바꿨다.

첫째, 결제 단계에 '카드(삽입)' 버튼을 굵은 테두리로 바꿨다.

둘째, 화면 하단에 작은 화살표를 붙여 카드 삽입구 위치를 표시했다. 셋째, 기계 옆에 "천천히 하셔도 됩니다 / 직원 호출 벨"을 붙였다.

바꾸고 나서 30분을 지켜봤다. 줄은 여전히 길었지만, 막히는 장면이 줄었다. 직원은 말했다. "사람들이 벨을 더 잘 누르네요. 우리가 가서 눌러 드리면 금방 끝나요." 나는 고개를 끄덕였다. 가게도 이익이고, 손님도 편했다. 속도를 올린 게 아니라, 멈춤을 줄인 것이었다.

다섯째 달에는 내가 멈췄다. 익숙한 카페의 화면이 업데이트되어 버튼 위치가 바뀌어 있었다. "결제"가 오른쪽에서 왼쪽 아래로 내려갔다. 나는 예전 위치를 눌렀고, 다른 화면으로 넘어갔다. 뒤에서 누군가가 말했다. "여기예요." 나보다 젊은 사람의 손가락이 왼쪽 아래를 가리켰다. 나는 고개를 숙였다. "고맙습니다." 그 사람은 그냥 지나갔다. 도움은 짧았고, 충분했다. 서로의 속도는 하루에도 몇 번씩 바뀐다는 사실을 다시 떠올렸다. 오늘의 내가 도울 수 있고, 내일의 내가 도움을 받을 것이다.

여섯째 달에는 공공요금 무인납부기를 다뤘다. 화면에 글자가 많았고, 안내 문장이 길었다. 나는 글자를 가리고 번호만 붙인 순서표를 만들었다. "1: 납부 항목, 2: 본인 확인, 3: 납부 방식." 수업은 오래 걸리지 않았다. 익숙해지면 2분이면 끝나는 일. 그러나 그 2분을 허용하는 자리가 없을 때, 사람은 쉽게 위축된다. 수업이 끝나고 한 분이 말했다. "그냥 은행 창구 갈래요." 나는 말하지 않았다. 다만 "다음에는 잘하실 겁니다"라고만 했다. 사람마다 선택은 다르다. 다만 선택할 수 있는 여유가 있었으면 한다.

가끔은 예상과 다른 반응도 만난다. 한 중년 손님이 수업이 끝난 뒤 물었다. "이거 왜 우리가 배워야 하죠? 가게가 사람 쓰면 되잖아요." 나는 곧장 답하지 않았다. "맞는 말이죠. 다만 현실은 키오스크가 계속 늘고 있어요. 그 사이, 우리가 서로를 밀어붙이지 않도록 작은 방법을 찾는 중입니다. 가게도 작은 바꿈을 해야 하고요. 버튼 테두리를 굵게 한다든지, 벨을 더 보이게 붙인다든지." 그는 고개를 끄덕였다. "그 정도면 납득." 그 말 뒤에 짧은 웃음이 붙었다.

일곱째 달에는 지하철 역사 내 푸드코트를 찾아갔다. 서울역 지하 통로는 늘 붐볐다. 여기저기서 주문 알림음이 울렸다. 키오스크 앞에 선 세 사람의 속도는 제각각이었다. 첫 번째 사람은 화면을 빠르게 넘겼고, 두 번째 사람은 중간에 멈췄다. 세 번째 사람은 화면을 읽지 않고 결제 쪽으로 손이 갔다. 나는 줄에서 한 발 물러나 첫 화면을 잠깐 봤다. 그리고 뒷사람에게 살짝 몸을 돌려 통로를 넓혔다. 반걸음 뒤로 물러서는 일은 어렵지 않았다. 줄은 조금 더 부드럽게 움직였다. 누군가가 나를 스치며 말했다. "먼저 하세요." 나는 고개를 저었다. "괜찮습니다." 우리는 서로의 속도를 한 번씩 맞췄다.

여덟째 달, 종로의 작은 카페 사장이 도서관으로 왔다. "저희도 종이 붙여도 될까요?" 나는 원본 파일을 건넸다. "글씨는 가게에 맞게 바꾸셔도 됩니다. '천천히' 대신 '차분히'로 바꾸셔도 좋아요." 사장은 웃었다. "차분히, 좋네요." 일주일 뒤 카페에 들렀다. 문구는 이렇게 바뀌어 있었다.

"차분히 하셔도 됩니다. 모르면 직원에게 벨을 눌러주세요."

그 문장 아래에는 작은 메모가 붙어 있었다. "알려 주셔서 감사합니다 — OO 드림." 손님의 글씨 같았다. 자리가 사람을 바꿨고, 사람이 다시 자리를 바꿨다.

아홉째 달에는 작은 시행착오도 있었다. 수업이 끝난 뒤, 한 분이 내게 말했다. "선생님, 아까 설명이 빨랐어요." 나는 사과했다. "맞아요. 제가 빨랐습니다." 그날 이후, 설명 사이에 3초 정적을 넣었다. 말로만 "천천히"라고 하지 않고, 정말로 천천히 말했다. 그 3초 사이에 질문이 더 자주 나왔다. "그럼 뒤로 가기는 여기인가요?" "결제 오류 나면 어떻게 해요?" 질문이 늘자, 실수는 줄었다. 여백을 만드는 형식은 수업에도 필요했다.

열째 달에는 프린트물을 개선했다. 글자 크기를 키우고, 버튼 위치를 화살표 대신 도형으로 표시했다. 잘 보이도록 검은색 테두리를 둘렀다. 프린트물 아래에는 작은 문장을 더했다.

"실수해도 됩니다. 처음으로." 놀라운 건, 이 한 줄이 사람들의 표정을 바꿨다는 점이었다. 버튼을 누르는 손이 덜 떨렸고, 화면을 읽는 시간이 길어졌다. 시간은 길어졌지만, 줄은 덜 엉켰다. 덜 실수하면 전체 속도는 결국 빨라진다는 단순한 사실을 눈으로 확인했다.

열한째 달에는 도움 받는 장면이 다시 내 차례에 왔다. 한밤중, 지하철 역사 내 편의점에 서 무인 결제를 하다가 신분증 인식이 되지 않았다. 뒤에서 젊은 여성이 내 팔꿈치 옆으로 다가와 말했다. "플라스틱 커버 잠깐 빼고 대 보실래요?" 그대로 하니 한 번에 인식됐다. "고맙습니다." 내가 말하자, 그녀가 답했다. "저도 낮에는 자꾸 헷갈려요. 다들 한번씩 그래요." 그 말이 오래 남았다. 서로의 느림을 지나가는 사람이 많은 도시가 그나마 살기 좋을 것이다.

마지막으로, 도서관 게시판에 수업 공지를 붙인 지 1년째 되는

날, 작은 기록을 남겼다. 종이 세 장으로 시작해 이제 다섯 장이
됐다.

장소는 도서관, 경로당, 상가 세 군데. 매주 평균 6~8명.

숫자는 중요하지 않았다. 중요한 건 태도였다. 줄의 앞에서, 뒤
에서, 옆에서 내보낸 손짓들. "먼저 하세요", "여기부터 누르시면
돼요", "잘 안 되면 처음으로." 그 손짓들이 모여 실수할 자유가
있는 자리를 만들었다.

서울역 지하 통로를 지날 때면 여전히 바쁘다. 사람들은 각자
의 시간표로 움직이고, 화면은 빠르게 바뀐다. 나는 줄에서 한 발
짝 물러나 첫 화면을 한 번 본다. 필요하면 손을 들어 뒤쪽에 신호
를 보낸다. 누군가가 멈춰 있으면 "여기부터"라고 조용히 말한다.
가게가 붐벼도 줄은 매끈하게 흐른다. 설명 하나, 손짓 하나, 반걸
음 뒤로 물러섬 하나가 자리의 형식을 바꾼다.

돌아보면, 나는 키오스크만 배운 게 아니다. 사람이 서 있는
자리를 바꾸는 법을 배웠다. 실수해도 되는 자리, 다시 시작해도
되는 시간, 기다리는 사람의 얼굴이 보이는 거리. 그런 자리가 늘
어날수록, 혐오가 들어설 틈은 줄어든다. 우리는 꼭 빨라야 하는
게 아니라, 서로의 속도를 잠깐 견딜 수 있으면 된다. 그 견딤이
줄을 흐르게 한다.

오늘도 도서관 테이블에 종이 다섯 장을 펼친다. 누군가는 3분

만에 일어나고, 누군가는 10분을 앉아 있다. 끝나고 나면 사람들은 비슷한 말을 한다. "다음에는 제가 옆에서 알려 드릴게요." 그 말이면 충분하다. 배우는 사람이 곧 자리를 만드는 사람이 되는 것. 내일 점심에도 줄은 생길 것이다. 그래도 안다. 줄은 더 잘 흐를 것이다. 우리가 버튼 하나의 거리만큼 서로에게 자리를 내어 준다면, 이 세상이 얼마나 따뜻해질까.

역지사지의 마음으로 바라보면
보이는 것들

퇴근길의 공기는 늘 비슷하다. 하루의 말들이 씻기지 않은 채 사람들 사이를 떠다닌다. 그날도 지하철 문이 열리자마자 묵은 바람이 객실로 밀려 들어왔다. 바닥의 진동이 발바닥을 두드리고, 철제 손잡이를 타고 작은 떨림이 손끝으로 옮겨왔다. 비어 있는 교통약자석 하나가 눈에 들어왔다. 올해로 예순다섯, 나도 이제 그 자격이 있다 싶어 조심스레 앉았다. 난생처음 얻은 특권처럼 마음이 살짝 가벼워지는 순간, 반대편에서 큰소리가 났다.

"여긴 노인이 앉는 자리야! 젊은 사람이 왜 앉아 있어! 참, 싸가지가…."

목소리는 둔탁한 쇳덩이처럼 객실을 굴러다녔다. 사람들의 시선이 일제히 한 곳으로 모였다. 여행 가방을 두 개나 끌고, 배낭까지 앞에 꼭 끌어안은 젊은이가 눈을 감고 앉아 있었다. 그는 천천히 눈을 떴다. 꺼진 듯한 목소리로 말했다. "그럼… 여기 앉으세요." 일어나려는 순간, 몸이 휘청였다. 나는 반사적으로 자리에서 일어나 손을 뻗었다.

"학생, 여기 앉아요."

그때 또 다른 어르신이 소리를 높였다. "노약자석은 노인들이 앉는 자리라니까!" 공기 속 긴장이 탁하게 뭉쳤다. 나는 최대한 낮고 부드러운 목소리로 말했다. "어르신, 이 자리는 노인만이 아니라 교통약자를 위한 자리예요. 이 친구는 지금 많이 힘들어 보이네요. 조금만 너그럽게 봐주시면 좋겠습니다." 말끝이 채 가라앉기도 전에 곳곳에서 불씨가 튀었다. "요즘 애들 가정교육이…" 하는 푸념과, "늙은 게 유세냐, 조용히 좀 하시죠"라는 맞대응이 얽혀 객실은 금세 피로한 전장처럼 변했다.

나는 문득 오래된 문장이 떠올랐다. 누구나 젊은 시절이 있었고, 누구나 나이를 먹어간다. 지금 이 자리는 서로의 과거이자 미래가 겹쳐지는 곳이다. 사람의 마음은 종종 그 사실을 잊는다. 나도 종종 잊는다. 하지만 나는 요양보호사다. 매일 누군가의 과거를 듣고, 현재를 돕고, 미래를 준비하는 일을 한다. 그래서 그날, 지하철의 소란은 내 기억의 서랍을 하나씩 열게 했다.

십칠 년 전, 친정어머니가 갑작스레 쓰러지셨다. 중환자실의 소독약 냄새와 규칙적인 모니터 소리, 커튼 뒤편의 낮은 울음들. 의식이 없는 어머니가 배변을 보셨을 때, 육남매 중 누구도 기저귀를 갈지 못해 발만 동동 굴렀다. 그때 옆 병상의 간병인이 도와주었다. 그의 손은 빠르고, 부드럽고, 절도 있었다. 나는 그 손을 보며 깨달았다. 돌봄에는 마음만으로는 모자라다는 것을. 마음이 방향이라면, 기술은 길이다. 그날 이후 나는 요양보호사 교육원에 등록했고, 처음으로 누군가의 몸과 시간을 다루는 기술을 배웠다. 자격증이 나왔을 때 어머니는 이미 하늘나라에 계셨다. 그래서였을까. 나는 어머니에게 못다 한 돌봄을 다른 어르신들에게 빚처럼 갚아야겠다는 생각으로 현장에 들어섰다.

　첫 근무지는 관악구의 한 요양원이었다. 여성 어르신 스무여 명이 함께 지내던 곳. 첫 출근날, 순희(가명) 어르신은 줄곧 나를 불렀다. "기저귀가 젖었어요." "물 좀 줘요." "휴지." "화장실." 손목에 땀이 맺히고, 장갑 안쪽이 축축해질 때까지 나는 한 사람 곁을 맴돌았다. 그러다가 선임에게 불려가 혼이 났다. "한 분께만 매달리면, 다른 분들이 비어요." 그 말을 듣고서야 주위를 둘러볼 수 있었다. 나중에서야 알았다. 순희 어르신은 내가 신입인 걸 가장 먼저 알아차리고, 자신의 불안을 붙잡을 수 있는 한 사람을 필요로 했던 거라고. 그날 이후 나는 작은 원칙 하나를 내 마음에

세웠다. 이름을 정확히 부르고, 눈을 맞추고, 지금 무엇이 가장 불편한지부터 묻자. 작은 원칙은 혼잡한 시간을 정리해 주었다.

요양원을 이야기하면 누군가는 지금도 "거긴 죽으러 들어가는 곳 아니냐"고 묻는다. 나는 고개를 젓는다. 내가 함께한 요양원은 누군가의 하루가 다시 생활이 되는 곳이었다. 아침 체조 때 어르신들의 손끝이 하늘을 향해 천천히 올라가고, 회상 프로그램에서 오래된 노래가 흐르면 멈칫하던 표정이 풀렸다. 물론 가족을 매일 볼 수 없다는 아쉬움은 크다. 그러나 혼자 남겨짐과 함께 돌봄 사이에서 요양원은 분명한 선택지가 된다. 나는 그 사실을 전하고 싶었다. 사람은 어디서든 살아갈 수 있다. 누군가의 이름이 잊히지 않는다면.

몇 해 뒤, 나는 방문요양으로 현장을 옮겼다. 집마다 냄새가 다르고 빛이 다르다. 현관문을 열면 그 사람의 시간이 먼저 온다. 영순(가명) 어르신 댁에 처음 갔던 날을 잊지 못한다. "요양보호사 이영미(가명) 입니다. 무엇부터 도와드릴까요?" 내 인사에 돌아온 첫마디는 차갑고 또렷했다. "무슨 일을 해야 하는지도 모르면서 우리 집엔 왜 왔어?" 아들인 보호자가 나섰다. "어머니, 선생님 도움 받으셔야죠. 식사도 운동도 같이 해요." 그날은 아들이 곁에 있어서인지 모든 것이 순조로웠다. 식사도 잘하시고, 인지 활동도 잘 따라오셨다. 나는 안도했다.

다음 날 출근하여, 문이 열리자마자 지팡이가 허공을 가르며 날아왔다. "돈 벌 데가 없어서 우리 집 왔냐? 당장 나가!" 어르신의 눈빛은 날카롭고, 내 심장은 귀 바로 옆에서 뛰는 것 같았다. 나는 문밖으로 뛰쳐나와 벽을 등지고 서서 한참을 숨을 고르며 손의 떨림을 다독였다. 가방도 가지고 나오지 못한 채 집으로 돌아왔다. 그날 저녁, 나는 센터에 상황을 보고하고 다음 날은 가지 않겠다고 마음먹었다. 다음 날 공기처럼 울리는 전화벨 소리. 보호자의 다급한 목소리 뒤로 어르신이 바뀌었다. "아줌마, 왜 안 와? 배고파 죽겠는데, 빨리 와서 밥 좀 줘요." 어제의 소동을 기억하지 않는 목소리였다. 치매는 기억을 지우기도, 감정을 과장하기도 한다. 낯선 사람 앞에서 자기 자신을 지키기 위해 방패 대신 말의 창을 들게 만들기도 한다. 나는 알았다. 지금 필요한 건 두려움의 방향을 바꾸는 일이라는 것을.

다음 날 나는 다시 그 집의 초인종을 눌렀다. 도망치듯 물러서면, 나는 다시 현장에 설 용기를 잃을 것이다. 방법을 바꾸기로 했다. 먼저 알아가자. 어르신의 식성, 생활 습관, 가족 관계, 좋아하던 노래와 음식, 싫어하는 냄새까지. 보호자와 마주 앉아 노트를 펼치고 하나씩 적었다. 경험 많은 선임 요양보호사들에게 전화를 걸어 조언을 구했다. 다음 날 이용자 어르신과, 보호자인 아들과 나는 셋이서 모여서 일과표와 주간 시간표를 만들었다. '누가, 언제, 무엇을, 어떻게'. 이것은 나만의 계획표가 아니라 우리의 약속표였다. 약속을 쓰자 어르신의 표정에 작은 기대가 비쳤다. 종이를 냉장고 문에 붙이며 나는 설명했다. "이 종이는 서로를 지키는 울타리예요. 울타리가 있어야 정원도 가꿀 수 있어요."

그리고 나는 작은 습관을 하나 더 들였다. 현관을 들어서면 3초 동안 침묵으로 방의 공기를 읽는 것. 무엇이 어수선한지, 무엇이 어색한지, 무엇이 불편해 보이는지. 그리고 세 문장으로만 묻는 것. "어르신, 오늘은 어디가 가장 불편하세요?" "지금 당장 필요한 게 무엇일까요?" "제가 도와드리면 쉬워질 일이 있을까요?" 이것은 매뉴얼이 아니라 몸이 외운 리듬에 가까웠다. 돌봄은 때로 정답보다 순서를 바꾸는 일이다. 설명보다 안심이 먼저, 계획보다 눈맞춤이 먼저였다.

어르신은 한때 요리를 잘하셨다고 했다. 회상은 현재를 붙들기 위한 훌륭한 실마리다. "취나물은 소금에 무쳐요, 된장에 무쳐요?" 내가 묻자 어르신이 코웃음을 쳤다. "그것도 몰라? 된장에 무쳐야 구수하지." 다음 날, 나는 시장에서 취나물을 사 왔다. 같이 다듬고, 씻고, 데치고, 양념은 어르신이 하라는 대로 따랐다. 된장 한 숟갈, 다진 마늘 조금, 설탕 아주 약간, 참기름 몇 방울.

통깨를 톡톡 뿌려 손끝으로 조물조물 무치자 구수한 냄새가 부엌 가득 번졌다. 첫 젓가락을 드신 어르신이 고개를 끄덕였다. "이제 좀 사람 사는 냄새가 나네." 그날 이후 우리 사이에는 가늘지만 단단한 다리가 하나 놓였다. 취나물에서 감자조림, 계란말이, 멸치볶음으로, 메뉴가 늘어날수록 서로에 대한 말투가 부드러워졌다. 서툰 내 칼질을 보며 어르신은 혀를 찼지만, 그 혀끝은 어느새 웃음으로 말렸다.

가끔 어르신은 나를 도둑으로 몰기도 했다. 물건이 없어졌다고 말했다. 처음엔 억울함이 먼저 올라왔지만, 곧 스스로를 다잡았다. "물건이 없어지면 정말 걱정되시죠. 우리 함께 찾아볼까요?" 우리는 서랍을 함께 열고 이름표를 붙였다. 자주 쓰는 물건은 같은 자리에 두었다. 어르신은 다른 사람들에게 나를 소개할 때 "내가 부리는 사람이잖아"라고 말할 때도 있었다. 그럴 때 나는 분명히 답했다. "저는 요양보호사예요. 어르신을 돕는 사람입니다. 어르신이 스스로 하실 수 있는 일은 응원할게요. 어려운 건 같이 하자고요." 단호하되 예의를 잃지 않으려 애썼다. 설명과 안심, 그리고 작은 성공을 반복하는 동안 혐오의 언어는 설 자리를 잃었다. 미움은 대개 두려움과 낯섦에서 자란다. 낯섦을 덜어내면, 미움은 스스로 무게를 잃는다.

어려움은 때로 보호자에게서 오기도 했다. 요양보호사의 업무 범위를 넘어 애완견 목욕이나 가족 심부름을 요구하는 경우, "그건 업무 범위를 벗어납니다"라고 말하면 요양보호사 교체를 운운하며 압박하는 일도 있었다. 그럴수록 나는 설명을 돌에 새기듯 반복했다. 왜 이 일이 필요한지, 무엇이 안전을 보장하는지, 돌봄의 존중이 어디에서 시작되는지. 우리는 냉장고의 약속표 옆에 작은 쪽지를 하나 더 붙였다. "서로의 이름을 제대로 부르기." '아줌마'가 아니라 '요양보호사', 그리고 가능한 한 서로의 이름. 이름은 책임을 불러오고, 책임은 태도를 바꾼다. 호칭은 자존감의 첫 걸음이다.

현장에는 다양한 동료가 있다. 몇 해 전, 필리핀에서 온 동료 루시아(가명)가 있었다. 한국어 발음이 완벽하지 않았다. 어떤 어르신은 그 점을 이유로 상처되는 말을 했다. 그날 우리는 교대 전에 짧게 모였다. 이름표에 발음 표기를 작게 적었다. 루시아가 스스로 원한 방식이었다. 어르신께 "루-시-아 선생님입니다"라고 천천히 소개했다. 며칠 뒤 같은 어르신이 이렇게 말씀하셨다. "그 선생은 말이 또렷하니 일을 또렷하게 하네." 말은 단순했지만, 태도는 바뀌었다. 바뀜의 출발점은 대단한 것이 아니었다. 이름을 정확히 부르고, 서로가 불편하지 않은 속도로 말하는 것이었다.

코로나가 길게 이어지던 2022년에는 외부 강사가 들어오지 못해 요양보호사들이 돌아가며 프로그램을 진행했다. 내 차례는 민요였다. 한 달, 두 달, 매일 같이 목청껏 노래를 이끌다 목이 쉬었다. 금세 나아지겠지 했지만, 진료 결과는 성대결절. 수술 후 일주일은 말을 하지 말라고 했다. 집에서 키우던 고양이가 내 옆을 맴돌면서 애교를 부리다가 갑자기 깨물었는데, 나는 참다가 결국 한마디를 내뱉었다. "아야 아파." 그 한마디가 가슴 속 막힌 구멍을 탁 터뜨렸다. 말하지 못한다는 건, 누군가와 연결될 수 없다는 것과 같다. 그때 알았다. 현장에서 말은 지시나 정보 전달을 넘어 손을 잡는 일이라는 것을. 이름을 부르는 소리, "괜찮다"는 한마디, 노래의 한 소절이 사람을 살린다는 것을.

현장에서 혐오의 언어는 요양보호사에게도 날아든다. "아줌마", "어이"로 불릴 때, 몸보다 마음이 먼저 지친다. 나는 부탁드린다. 우리를 요양보호사라고 불러 달라고. 우리는 국가자격을 갖춘 전문가다. 전문성은 자존감에서 시작되고, 자존감은 호칭에서 시작된다. 물론 제도적 장치도 필요하다. 폭언·폭행·성희롱을 예방하고 신고하는 절차, 적정 인력 비율, 정기적 인권 교육. 그러나 제도는 언제나 사람의 태도보다 느리게 온다. 제도가 도착하기 전까지, 우리의 말과 몸짓이 서로를 지킨다. 나는 동료들과 작은 의식을 만들었다. 교대 5분 전, 서로의 이름을 정확히 부르며 오늘 있었던 어려운 말을 나누는 것. "그 말엔 이렇게 답해보면 어떨까"를 연습하는 것. 작은 연습이 다음 날의 큰 싸움을 줄여 줬다.

나는 종종 언어를 숫자처럼 기록한다. 호출 횟수, 낙상 위험 행동, 복약 누락, 대화 중 상처되는 표현의 빈도. 아주 대충이라도 표기한다. 기록을 보면 변화를 확인할 수 있다. 영순 어르신의 경우, 첫 달에는 상처되는 표현이 일주일 평균 다섯 번이었다. 세 달 뒤에는 한두 번으로 줄었다. 메뉴를 함께 고르고, 일과를 함께 세우고, 물건 자리를 고정한 것이 도움이 되었다고 본다. 측정은 감정을 단정하지 않게 했다. 부정적인 언어가 줄어든 것을 보면 의욕이 생긴다. 늘어난 것을 보면 원인을 찾아본다.

지하철 장면으로 다시 돌아간다. 젊은이는 자리에 앉아 숨을 골랐다. 나는 물 한 병을 건넸다. "괜찮아요?" 그가 고개를 끄덕였다. 조금 뒤, 소리를 높이던 어르신이 우리 쪽을 한번 보셨다. 나도 바라보았다. 서로 눈이 마주치자 어르신이 시선을 거두고 작은 기침을 했다. 더 이상의 말다툼은 없었다. 완벽한 화해도 아니고 명확한 사과도 아니었다. 그러나 그 칸의 긴장은 낮아졌다. 그 정도면 충분했다.

나는 감정을 과하게 믿지 않는다. 기록과 절차, 짧은 말이 더 도움이 될 때가 많았다. 혐오 표현을 들으면 불쾌하다. 그렇다고 곧바로 맞받아치면 상황은 커진다. 나는 먼저 안전을 살핀다. 물건이 날아올 위험은 없는지, 낙상의 위험은 없는지. 그다음에 사실을 확인한다. "지금은 이런 상황입니다." 마지막으로 요청한다. "이렇게 하겠습니다." 이 순서를 지키면 불필요한 언쟁이 줄었다. 지하철에서도 마찬가지다. 젊은이가 몸을 가누기 어려워 보였고, 빈 좌석이 있었다. 그래서 나는 자리만 옮겼다. 설명은 짧게 했다. 그 정도가 내 역할이라 판단했다.

나는 자주 스스로에게 묻는다. "지금 이 사람에게 필요한 건 무엇일까?" 이 질문은 나를 과장된 감정에서 꺼내 준다. 요양보호사의 일은 해결보다 유지에 가깝다. 어제보다 조금 더 안전하고, 조금 더 편안하고, 조금 더 덜 외로운 상태를 만드는 일. 그런 날이 쌓이면 생활은 버틸 만해진다. 나는 그 결과를 느리게 본다. 분노가 줄고, 호출이 줄고, 잠깐의 웃음이 늘어난다. 작은 변화가 이어지면 일은 덜 버겁다.

현장에서 동료들과 공유하는 문장이 있다. "먼저 불편을 묻고, 이유를 설명하고, 약속을 남긴다." 이 세 줄을 벽에 붙여 두었다.

복잡한 상황에서도 이 순서로 돌아오면 길을 잃지 않는다. 소통은 화려하지 않아도 된다. 정확하면 된다. 정확한 말은 상대를 존중한다. 존중은 긴장을 낮춘다.

나는 나이 들어간다. 어느 날은 내 무릎이 먼저 알려준다. 계단에서 속도를 줄이면 뒤에서 누군가가 초조해한다. 그 마음을 알겠다. 젊을 때의 나도 그랬다. 그래서 지하철에서, 병실에서, 가정에서 내 행동 하나가 누군가의 속도를 늦춘다 생각하면, 먼저 설명하려고 한다. "제가 조금 느립니다. 양해 부탁드립니다." 설명은 양해를 만든다. 양해는 갈등을 줄인다.

나는 요양보호사라는 직업에 자부심이 있다. 국가자격이 주는 무게도 있다. 그러나 더 큰 무게는 사람의 하루를 맡는 책임에서 온다. 나는 이름을 불러 드리고, 필요한 것을 묻고, 할 수 있는 것을 돕는다. 특별한 기술 같지만, 사실은 기본을 지키는 일이다. 기본을 꾸준히 지키면 신뢰가 쌓인다. 신뢰가 쌓이면 서로에게 상처되는 말은 줄어들게 되었다.

지금도 많은 곳에서 혐오 표현이 나온다. 여성에게, 이주민에게, 장애를 가진 사람에게, 노인에게, 반려동물에게까지. 그 말들은 빠르게 번진다. 그러나 말은 다시 고를 수 있다. 내가 현장에서 확인한 방법은 화려하지 않다. 이름을 바르게 부르고, 먼저 불편을 묻고, 이유를 설명하고, 약속을 남기는 것. 그리고 하루를 버틸 수 있도록 작은 성공을 만드는 것. 이 조합이 많은 갈등을 가라앉혔다.

지하철의 그날 이후, 나는 가끔 그 칸의 사람들을 떠올린다. 젊은이, 두 분의 어르신, 내 옆자리의 직장인, 멀리 서 있던 학생. 모두 각자의 사정이 있었을 것이다. 누구나 젊었었고 누구나 늙어 간다. 그 사실을 기억하면 목소리는 조금 낮아진다. 낮아진 목소리는 서로의 말이 들리게 한다. 들리면 정리할 수 있고, 정리되면 버틸 수 있다. 버틸 수 있으면 이어 간다. 돌봄은 그렇게 지속된다.

지금 나는 13년 현장 일을 중단하고 요양보호사 협회장으로 활동하고 있다. 현장에서 효과가 있었던 방법을 표준화해 교육에 반영했다. 신규 교육에 '첫 인사 네 문장(이름 부르기, 가장 불편한 점 묻기, 당장 필요한 것 확인, 돕기 선언)', '가정 내 약속표(업무·안전·연락)', '기록 3원칙(짧게, 즉시, 객관)'을 넣었다. 분기마다 자치구 사례회의를 열어 갈등 사례를 공유하고, 보호자 안내문·분쟁 대응 체크리스트·신고 서식을 배포한다. 과도한 요구,

혐오 표현, 성희롱·폭행 상황을 표준 절차로 처리하도록 했고, 동료 심리 회복 시간을 정례화했다. 작은 규칙들이 큰 소모를 줄였다. 숫자로도 확인했다. 몇몇 기관은 3개월 만에 갈등 관련 민원이 절반 가까이 줄었다. 중요한 건 거창한 캠페인이 아니라, 같은 말을 같은 순서로 꾸준히 반복하는 일이라는 것을 다시 확인했다.

얼마 전, 같은 시간대의 지하철에서 비슷한 상황을 보았다. 교통약자석에 임산부가 앉아 있었고, 멀지 않은 곳에 서 있던 어르신 한 분이 그쪽을 보셨다. 모두가 긴장하나 싶던 순간, 그분이 먼저 말했다. "편히 앉아 계세요. 아이가 먼저입니다. 저는 다음 역에서 내립니다." 목소리는 낮고 분명했다. 다른 누구도 큰소리를 내지 않았다. 임산부는 고개를 숙여 인사했다. 옆자리에 앉아 있던 사람이 일어나 자리를 재배치했고, 몇 사람은 조용히 통로를 비켜 주었다. 그 칸의 공기가 정리되는 데 10초도 걸리지 않았다. 필요한 건 언쟁이 아니라 기준과 배려를 확인하는 한 문장이었다.

그 장면을 보며 생각했다. 현장에서 우리가 매일 반복하는 기본이 바로 이런 순간을 만든다고. 이름을 바르게 부르고, 먼저 불편을 묻고, 이유를 간단히 설명하고, 약속을 보이는 곳에 남기는 일. 오늘의 배려는 내일의 안전망이 된다.

나는 내일도 같은 방식으로 일할 것이다. 협회에서는 교육과 절차를 정비하고, 현장의 목소리를 경청할 것이다. 둘 사이를 오가며 원칙을 점검하고 보완한다. 과장은 줄이고, 확인은 늘리고, 기록은 간단히.

글의 처음으로 다시 돌아가 본다. 그날 젊은이는 앉아 숨을 고르고, 어르신들은 각자의 역에서 내렸다. 큰 사건은 없었다. 그러나 작은 변화는 있었다. 몇 사람이 자리를 조정했고, 목소리의 크기가 줄었고, 눈빛이 흔들리던 임산부의 어깨가 내려갔다. 수필로 남길 만한 결론은 이것뿐이다. "누구나 젊었고, 누구나 늙어간다." 이 사실을 기준으로 말하고 움직이면, 혐오는 줄고 유대는 남게 되지 않을까 싶다.

"괜찮으세요? 제가 무엇을 도와드릴까요?"
내일의 나를 돌보는 요양보호사로서, 역지사지의 마음으로 돌봄 현장을 누빈다.
오늘도 돌봄 날씨는 맑음이다.

정찬미

어머니의 병환으로 시작된 요양보호사의 여정은 어느덧 17년이 되었습니다. 서울요양보호사협회장을 거쳐 현재 전국요양보호사협회장으로 활동하며, 돌봄 현장의 목소리를 전하고 있습니다.

돌봄 현장에서 "아무나 할 수 있는 일", "허드렛일"이라는 편견과 마주할 때마다 마음이 아팠습니다. 하지만 혼자서는 일상생활이 어려운 어르신들의 손발이 되어 드리며, 그분들의 아픔과 외로움에 공감하는 순간들이 쌓여갔습니다. 역지사지의 마음으로 어르신들을 바라보면 오늘의 어르신이 내일의 나라는 것을, 돌봄은 누군가를 이해하고 공감하는 가장 인간적인 일이라는 것을 깨닫게 됩니다.

어려서부터 일기를 써 온 습관으로 매일 돌봄일지를 기록하며, 밴드를 통해 요양보호사들과 글쓰기를 나누고 있습니다. 요양보호사들의 희로애락, 어르신들과의 일상 속에서 발견한 공감과 연대의 순간들을 글로 남기고 싶습니다. 이번 "나의 공감이야기" 공모전 당선을 계기로, 돌봄에 대한 사회적 편견을 넘어 우리 사회가 진정한 공감과 돌봄이 살아있는 사회로 나아가는 데 작은 역할을 하고 싶습니다.

연대, 그리고 지속가능한 삶

1

이 이야기를 써야 할까 말아야 할까, 매우 오래 고민했다. 내 주변인이 이걸 보면 어쩌지? 이걸 읽고 나라는 걸 알아차리면 어쩌지.

그렇지만 이 끔찍한 혐오 사회에서, 우리 같은 사람들이 조금이나마 편히 숨을 쉴 수 있게 하는 건 연대임을 알기에, 용기를 내어 책상 앞에 앉는다. 누군가에게 이 글이 작은 위로가 되기를…

2

나는 레즈비언이며, 정신질환자다. 둘 다 나를 구성하는 핵심 축이지만, 나는 타인을 만날 때면 언제나 두 개의 가면을 겹쳐 써야 했다. 설령 그것이 나의 부모일지라도.

그것은 단순한 비밀 하나를 지키는 것과는 차원이 달랐다. 나의 존재 자체, 내가 사랑하는 것들, 내가 세상을 경험하는 방식 전체를 감추어야 하는 일이었다.

사람과 관계를 맺을 때 내 정체성에서 가장 중요한 부분들을 말할 수 없었기 때문에, 나는 어느 순간부터 모든 관계가 피상적이고 무의미하게 느껴졌다.

누군가 이상형을 물으면 뭉뚱그려 대답하고, 연애 경험은 없다고 말한다. 비혼주의자에 누굴 좋아해 본 적도 없는, 연애보단 학업에 열중하는 아이. 하다못해 온라인 사주를 볼 때도 '연애운' 부분은 스킵을 눌러버린다.

좋아하는 연예인은 전부 여성이고, 아이돌보단 여성 운동선수를 더 좋아한다. 인생 영화를 물으면 쭈뼛거리다 '대도시의 사랑법'이라고 대답하는 아이.

겉보기엔 아무 이상 없어 보이지만 매주 한번씩 예약된 시간에 어딘가를 가고, 가방 깊숙한 곳에는 항상 봉지에 담긴 약과 통에 담긴 약들이 들어 있다. 가장 좋아한다는 가수의 발매 목록에는 정신질환에 대한 곡이 많았고, 사회심리학과도 아니면서 수상할 정도로 이상심리학을 좋아한다. 집에는 밤늦게 들어가고, 학교 근처에 살지도 않는데 언제나 학교에 있으며, 학교에서 자는 날도 많다. 가족과 관련된 화제가 나오면 그저 미소를 짓고 맞장구를 치며 침묵을 지킨다.

이건 나의 잘못도, 상대방의 잘못도 아니기에 이미 오랜 체념의 시간을 지나왔다. 관용에 대한 기대는 접고 나 자신의 존엄성을 낮추는 방식으로 환경에 적응해 온 나.

네가 설령 날 이해하지 못하더라도, 나는 날 이해하지 못하는 널 이해할 거야. 그렇지만 우린 친구가 될 순 없겠지.

3

대학에 입학하고 나서야, 부모님의 눈을 피해 미뤄뒀던 정신과에 갈 수 있었다. 에브리타임에서 학교 근처 정신과를 찾고, 도서관 앞 벤치에 앉아 차갑게 식은 손으로 휴대폰을 들고 40분간의 고민을 한 끝에 초진 예약을 한 날을 나는 잊을 수 없다.

첫 진료를 받으러 가는 날에도 혹시 부모님께 들키면 어쩌지, 라는 걱정과 불안 속에서 떨었다. 처음에는 말이 나오지 않아 할 말을 메모장에 써서 보여드렸다. 몇 달이 지나고 천천히 나는 나의 이야기를 했고, 안타깝게도 해리성 기억상실로 그날의 기억은 없지만, 나는 그날 울었었다고 선생님께서 말씀해 주셨다.

이 세상에 나의 이야기를 아는 사람이, 날 믿어주는 사람이 단 한 명 더 생겼다는 사실이 내게 말로 표현하기 어려운 감정을 가져다주었다. 지난 10년은 내 잘못이 아니었다. 내 고통에 죄책감을 갖지 않아도 된다는 걸 증명받았다.

나의 선생님은 내가 처음으로 만난 의지할 수 있는 어른이었다. 병원에 가는 날에는 마음이 편안했고, 작은 진료실 안에서 나는 무엇이든 할 수 있었다. 나를 판단하는 사람은 아무도 없었다.

4

하지만 나는 주 2회 내원을 했기에 돈이 꽤나 들었다. 부모님께 병원비를 요구할 수 없었고, 용돈으로는 병원비까지 감당하기 어려웠던 나는 편의점 야간 알바를 시작했다.

오후 11시부터 아침 7시까지. 오전 수업이 있는 날은 참 힘들었다. 알바가 끝나면 곧바로 학교로 가서 오전 수업을 듣고, 오후 수업까지 버텨야 했다. 잠은 동아리방 소파에서 쪽잠으로 때우고, 식사는 편의점 폐기 상품으로 해결했다.

병원비 마련을 위해 시작한 알바는 역설적이게도 나의 정신건강을 무너뜨렸다. 불규칙한 수면 패턴은 우울증을 악화시켜 몇 달 동안 피로와 무기력에 시달렸다. 의사 선생님은 규칙적인 생활과 충분한 수면이 뒷받침되어야 치료가 진행될 수 있는 것이라고 말씀하셨지만, 당시의 나에게 그것은 불가능한 일이었다. 세 달 뒤 나는 그 알바를 도망치듯 그만두었다. 그날도 울었던 기억이 난다. 죄책감과 자기혐오에 잠식되어.

5

　너무 오랜 기간 아프고, 아프고, 아팠다. 삶과 죽음 모두 용기가 필요하다면, 나 같은 겁쟁이들은 어디로 가야 하지?

　새로운 고통이 찾아와도, 내가 할 수 있는 건 '이 또한 일상이 되리라'라는 절망적인 자기 암시뿐이었다.

　내 몸은 내 정신이 아플 때 마치 그를 위로하듯 함께 앓았다. 나는 그저 죽지 않음을 반복할 뿐이었다.

6

　누군가가 말했다.

　"스스로를 부끄러워하지 마세요."

　하지만, 나를 부끄러워하는 것은 내가 아니라 세상이에요. 나더러 음지에서 나오지 말라고 명령한 것은 내가 아니라 사회입니다.

　나는 내가 존재하는데도 나를 납득하지 못하는 사람들 사이에서 평생을 살았다.

　그들은 내가 태어나고 살아가는 데에 설득이 필요하다고, 합의가 필요하다고 선심쓰듯 이야기했다.

　또 어딘가에서 우리가 나타나면, 아직은 너무 이르다고 말했다. 우리는 존재를 허락받아야 하는 사람들인 걸까.

7

많은 것을 겪었지만 그중에서도 특히나 아팠던 것은, 제3자가 아닌 내집단 내의 혐오였다. 정신병자는 거른다는 레즈비언, 퀴어 퍼레이드를 문란한 축제라고 생각하는 정신질환자. 그들의 논리는 바깥 세상의 것과 똑 닮아 있었고, 그것들은 나를 종종 산산조각 냈다. 어떠한 인간관계에서도, 커뮤니티에서도 마음을 놓을 수 없었다.

내게 남은 선택지는 두 개였다. 언제 튀어나올지 모르는 혐오에 대비해 온 신경을 곤두세우고 사는 것, 또는 내집단과의 단절.

나는 단절을 택했다.

그리고 어느 날 너를 만났다. 아직도 종종 함께 회상하며 피식거리는, 분명 의도하지 않은 만남이었다.

웃수저에다, 새 친구를 만드는 데는 5분도 걸리지 않는 나의 외향인 친구. 하지만 나와는 다르게 할 말은 다 하고 살아가는 너였다. 나는 나일 때 가장 편안했지만, 너의 기질은 어떤 느낌인 걸까 종종 궁금해했다.

너는 내 단편적인 이야기만 듣고도 내가 아프다는 걸 알아차렸다. 그리고 그건 나의 이야기가 너의 이야기와 닮아있었기 때문이었다. 네가 부대찌개의 라면사리에 국물을 적시며 나보고 괜찮냐고 묻던 것을, 아마 나는 오래 기억할 것이다.

우리가 함께 노래방에 간 날, 내가 밤새 반복재생으로 들으며 울던 노래를 쓴 가수를, 너는 안다고 했다. 그리고는 거짓말처럼 내가 좋아하는 몇 곡의 제목을 읊었다. 너는 그 노래들을 좋아한다고 말했다.

그래, 그렇게 너는 나의 가장 소중한 친구가 되었다. 너를 통해 나는 연대의 힘을 알게 되었고, 그건 이후에 내가 더 많은 사람들과 연대하는 계기가 되었다.

우리는 힘든 일이 있을 때도 웃긴 일이 있을 때도 서로를 찾았다. …뭐 적어도 나는 그랬다. 너는 워낙 인싸니까… 하지만 나 또한 너에게 그런 존재였으리라 믿는다.

우리는 서로가 힘든 일을 겪으면 함께 욕해주거나 위로를 해주었다. 내가 너에게 도움이 되고 위로가 되었을 때 나는 뛸 듯이 기뻤다. 너에게는 말할 수 없는 많은 것들을 말할 수 있었고, 우리는 서로가 행복하기를 진심으로 바랐다. 나는 너를 평생 잃지 않으리라고 다짐했다.

우리가 서로 아끼는 게 진짜 사랑이라고 했잖아, 나는 우리의 사랑이 마지막날까지 이어지 길 바라.

그러니까, 훗날 너와 나에게 각각 여자친구가 생기더라도, 우리의 우정이라는 이름의 연대는 바래지 않았으면 해.

8

우리는 함께 퀴어 퍼레이드에도 갔다. 퀴어 퍼레이드에 한번도 가본 적 없는 나를 위해 너는 동행해주었다. 그곳에서는 수만 명의 사람들이 거리를 가득 메우고, 노래하고, 서로를 껴안고 있었다. 무지개 깃발이 펄럭이는 것을 보며 나는 울컥했고, 심장은 뛰었다. 성소수자 부모 모임의 한 아주머니께서 너를 안고 다독여주셨다. 무지개를 온몸에 두르고 우리는 행진 했다. 우리는 틀리지 않았다. 우리는 이렇게나 많고, 명백히 존재한다. 존재도 연대의 한 방식임을 깨달았다.

9

두 가면을 모두 벗고 누군가와 관계를 맺는다는 것이 얼마나 홀가분한 일인지, 이제 안다. 나는 가능한 많은 사람들이 더 나은 숨을 쉬기를 바란다.

이제 내 주위에는 다양한 나이의, 외모의, 사연의, 나 같은 사람들이 있다. 우리는 가면을 모두 벗고 서로를 서로에게 초대한다. 우리는 고통을 공유하며 공감을 나누었고, 우리의 특성이 당연하게 여겨지는 곳에서는 일상 대화도 즐거웠다.

우리는 경제적으로 어려운 사람들을 위해 어떤 지역구에 어떤 정신건강 관련 지원 사업이 있는지 정보도 공유했다. 서로 좋았던 병원들을 추천해주었고, 먹었던 약의 부작용을 공유했다. 약물치료만이 아니라 다양한 치료법들과 응급처치, 병과 함께 살아가는 방법들을 공유했다.

우리의 존재는 연대가 맞았다.

마무리하며

연대는 지속가능성이다.

OECD 자살률 1위 국가 대한민국. 그리고 그 안에서 다시 자살률 1위를 차지하는 20대 여성. 언제나 높았던 성소수자 자살률. 삶을 지속가능하게 만들어주는 것은 연대이다. 이런 나라에서, 이런 사회에서, 지속가능성, 즉 연대보다 더 중요한 가치가 있을까.

사회가 아무리 우릴 음지로 몰아넣어도, 우리는 양지바른 땅에 커다란 연대의 요새를 짓고 삶을 지속해 나갈 것이다.

이 글을 읽는 누군가가, 지금 이 순간 혼자서 고통받고 있다면, 나는 말하고 싶다. 부디 혼자 견디려 하지 말라고. 연대할 수 있는 누군갈 찾으라고. 당신과 비슷한 사람들이 분명 어딘가에 있다고. 그들을 찾아나서는 것이 두렵겠지만, 그 두려움을 넘어선 너머에는 따뜻함이 있다고. 이해가 있다고. 그리고 함께 살아갈 힘이 있다고. 연대는 완벽하지 않다. 우리는 여전히 실수하고, 상처 주고, 때로는 서로를 이해하지 못한다. 하지만 그럼에도 불구하고, 연대는 우리가 가진 가장 강력한 무기다. 혐오에 맞서는 무기, 절망에 맞서는 무기, 죽음에 맞서는 무기.

연대는 순환한다. 내가 받은 도움을, 이제는 다른 사람에게 줄 수 있다. 내가 받은 위로를, 이제는 다른 사람에게 전할 수 있다. 이것이 연대가 지속가능한 이유다. 일방적인 시혜가 아니라, 서로가 서로를 살리는 관계. 오늘 내가 누군가를 도왔다면, 내일은 내가 누군가에게 도움을 받는다. 이 순환 속에서 우리 모두가 살아간다.

가끔 생각한다. 만약 내가 너를 만나지 못했다면 어땠을까. 그랬더라면 나의 연대는 얼마나 늦었을까. 만약 연대를 경험하지 못했다면 어땠을까. 어쩌면 버티지 못하고 무너졌을지도 모른다. OECD 자살률 1위 국가의, 그 안에서도 가장 높은 자살률을 기록하는 집단의 일원으로서, 나는 언제든 통계의 일부가 될 수 있었다. 그러나 나는 여기 존재한다.

가끔 거리에서 '우리들'을 본다. 예전보다 훨씬 더 많아진 것 같다. 더 당당하고, 더 자유로워 보인다. 그들을 볼 때마다 나는 생각한다. 우리 다음 세대는 우리보다 조금 더 쉽게 숨 쉴 수 있을 거야.

물론 현실은 여전히 가혹하다. 뉴스에서 성소수자 혐오 범죄 소식을 들었다. 정신장애인에 대한 편견 어린 시선도 여전하다. 우리를 향한 혐오는 끈질기고, 때로는 조직화되고 있는 것처럼 보인다. 차별금지법은 여전히 제정되지 않았고, 정신건강 예산은 턱없이 부족하다.

하지만 그럼에도 불구하고, 나는 희망을 놓지 않는다. 아니, 놓을 수 없다. 희망을 놓는 순간, 그들의 승리이기 때문이다. 우리가 존재한다는 것 자체가 저항이고, 우리가 함께한다는 것 자체가 혁명이다.

국가가 우리를 보호해주지 않는다면, 우리가 서로를 보호해야 한다. 사회가 우리에게 안전망을 제공하지 않는다면, 우리가 서로의 안전망이 되어야 한다.

그래도, 요즘은 점점 더 많은 사람들이 우리의 존재를 알고 있다. 미디어에서 성소수자를 다루는 방식도 조금씩 변하고 있고, 최근에는 국내 최초 레즈비언 리얼리티 연애 프로그램이 나왔다. 정신건강에 대한 인식도 아직 부족하지만 예전보다는 나아졌다. 물론 여전히 갈 길이 멀지만, 변화는 일어나고 있다.

최근에는 온라인에서도 연대를 경험하고 있다. SNS에서 같은 정체성을 가진 사람들과 연결되고, 익명의 커뮤니티에서 서로를 위로한다. 직접 만날 수는 없어도, 화면 너머에서 누군가 내 글을 읽고 공감해준다는 것만으로도 힘이 된다. 온라인 공간도 하나의 연대의 장소가 될 수 있다.

물론 온라인 공간은 혐오가 더 노골적으로 드러나는 곳이기도 하다. 댓글 창에서, 커뮤니티에서, 우리를 향한 증오의 언어들을 마주한다. 처음에는 그것들에 상처받고, 분노하고, 절망했다. 하지만 연대는 나에게 그것들과 거리를 두는 법도 가르쳐주었다. 모든 혐오에 일일이 대응할 필요는 없다. 내 에너지는 소중하고, 나를 사랑하는 사람들에게 쓰여야 한다.

혐오와 차별, 연대라는 개념이 사라지는 그날까지, 우리는 연대할 것이다.

그리고 언젠가는 이 모든 구분이 필요 없는 날이 오기를 — 레즈비언이든, 정신질환자든, 그 무엇이든 그저 한 사람의 여러 면모 중 하나일 뿐인 세상이 오기를. 가면을 쓸 필요 없이, 숨을 필요 없이, 모두가 온전한 자기 자신으로 살아갈 수 있는 그날을 꿈꾼다.

이 글을 끝맺으며, 나는 다시 한번 생각한다. 누군가 이 글을 읽고 조금이나마 위로받기를, 혼자가 아니라는 것을 깨닫기를 바란다.

우리들은 모두 작은 기적이다.

숙명여대 인문학연구소 수필공모전 수상집

내가 우리가 될 때

2026년 2월 27일 초판 1쇄 펴냄

엮은이 숙명여대 인문학연구소
발행인 김흥국
발행처 보고사

책임편집 황효은
표지디자인 김규범

등록 1990년 12월 13일 제6-0429호
주소 경기도 파주시 회동길 337-15 보고사
전화 031-955-9797　**팩스** 02-922-6990
메일 bogosabooks@naver.com
http://www.bogosabooks.co.kr

ISBN 979-11-6587-982-2　03810

정가 12,000원
사전 동의 없는 무단 전재 및 복제를 금합니다.
잘못 만들어진 책은 바꾸어 드립니다.